Johann Rothlauf

Kurze Lebensbeschreibung Franz Ludwig's von u. zu Erthal,

Fürstbischofs v. Bamberg u. Würzburg, Herzogs in Franken

Johann Rothlauf

Kurze Lebensbeschreibung Franz Ludwig's von u. zu Erthal,
Fürstbischofs v. Bamberg u. Würzburg, Herzogs in Franken

ISBN/EAN: 9783743635609

Hergestellt in Europa, USA, Kanada, Australien, Japan

Cover: Foto ©Raphael Reischuk / pixelio.de

Weitere Bücher finden Sie auf **www.hansebooks.com**

Kurze Lebensbeschreibung

Franz Ludwig's

von u. zu Erthal,

Fürstbischofs v. Bamberg u. Würzburg,

Herzogs in Franken.

———

Eine kleine Festgabe,

dargebracht bei der feierlichen Enthüllung des von

Seiner Majestät dem König **Ludwig I.** von Bayern

demselben zu Bamberg errichteten Monuments

von

J. B. Rothlauf, Domkapitular.

Bamberg, 1865

Verlag von Otto Reindl.

Vorrede.

Die nachstehenden Blätter, das Leben Franz Ludwig's dar=
stellend, sind weder für Forscher der Geschichte, noch für Ge=
schichtskundige überhaupt, — die ja dieses reiche Leben besser
kennen, als es hier geschildert werden kann, — bestimmt; sie
haben nur den Zweck, bei denjenigen der Jetztlebenden, welche
von ihrer Jugend her noch die Tradition über Franz Ludwig
bewahren, eben diese frisch aufleben zu machen, der jüngeren
Generation aber in kurzen Umrissen den Mann, dessen An=
gedenken und Verdienste um Bürgerglück und Menschenwohl
ein hochherziger Fürst, König Ludwig I. von Bayern, durch
ein ehernes Denkmal ehren will, in seinen hohen Tugenden,
die er als Fürst und Bischof, als Vater seines Volkes und
allgemeiner Menschenfreund in sich vereinigte, vorzuführen,
damit Alle wissen, welchen weisen guten Regenten, welchen
großen Wohlthäter Bamberg an Franz Ludwig hatte, und wie
seine Bürger mit Recht das ihnen von König Ludwig auf
den 29. Mai, als an welchem Tage Franz Ludwig vor 78. Jah=
ren zu seiner schönsten und segenreichsten Schöpfung, dem all=
gemeinen Krankenhause dahier, selbst den Grundstein legte,
bereitete Fest so freudig und begeistert feiern. Ja, freuet
Euch, Bürger Bambergs und alle ihr Landeskinder der ehema=
ligen Fürstenthümer von Bamberg und Würzburg, und haltet
das Standbild und den, welchen König Ludwig im Bilde ehrt,
dankbarst in Ehren immerdar, seine Tugend bewundernd und
nachahmend! Wie die Väter ihrem Fürstbischofe und Herzoge

von Franken Franz Ludwig dazumal in Treu' und Liebe ergeben waren, so sollen und werden die Söhne und ihre spä-
testen Nachkommen fortan ihren rechtmäßigen Regenten aus
dem Hause Wittelsbach, die zugleich Könige von Bayern
und Herzoge von Franken sind, fest in Lieb' und Treue an-
hängen und dadurch am besten ihren schuldigen Dank bethä-
tigen für das großartige Denkmal, womit der erhabene Schankgeber unsere Stadt um eine neue Zierde und Sehenswürdig-
keit so großmüthig bereichert hat.

Zur Bearbeitung und Herausgabe der folgenden Lebens-
skizze waren dem Verfasser wegen besonderer Umstände nur
wenige Wochen gegönnt; es kann daher weder Vollständig-
keit, noch gelehrte, quellenmäßige Darstellung erwartet werden.
Doch wurden größtentheils solche Schriftsteller benutzt, die als
Zeitgenossen Franz Ludwigs seine Verordnungen kannten und
befolgten, die seine Worte hörten, und alle seine Einrichtungen und sein wohlthätiges Wirken sahen und mitgenossen, die
gleich nach seinem Tode schrieben, und vor dem Publikum,
welches Alles mit erlebt, gehört und gesehen hatte, nicht Fal-
sches und Unrichtiges vorzubringen wagen durften. Sie führen oft die eigenen, von Franz Ludwig gesprochenen Worte,
den Inhalt seiner Erlasse, seiner Hirtenbriefe und Predigten an,
und können daher als unverdächtige Zeugen gelten.

Als Anhang wurde das vollständige Testament Franz
Ludwigs beigegeben, da es dessen Charakter nach manchen Be-
ziehungen kennzeichnet und doch Manchen, besonders der jüngeren Generation, noch unbekannt sein dürfte.

Möge das Werkchen, das nur schüchtern in die Oeffent-
lichkeit tritt, milde Beurtheilung finden!

Franz Ludwig Karl Philipp Anton Freiherr von und zu Erthal wurde geboren am 30. September 1730 zu Lohr, am Main, welches Städtchen damals zum Churfürstenthum Mainz gehörte. Er war ein Sohn des dortigen Oberamt= manns Philipp Christoph Freiherrn von und zu Erthal und seiner Gemahlin Eva Maria, geb. von Bettendorf, und hatte noch drei ältere Geschwistere. Der eine seiner Brüder war Friedrich Karl Joseph, der als Churfürst=Erzbischof von Mainz ihm an Höhe der Würde vorging, aber an Ruhm nicht gleich kam, der andere Lothar Franz Michael, der als k. k. öster= reichischer geheimer Rath und churmainzischer Obersthofmeister bekannt ist. Seine einzige Schwester, Maria Sophia Mar= garetha Katharina, die er stets sehr hochachtete und liebte, blieb unverehelicht, und brachte ihr Leben vom 21. Jahre an im Institute der englischen Fräulein zu Bamberg in stiller Zurückgezogenheit zu, ohne Instituts=Mitglied gewesen zu sein *). Franz Ludwig, der schon als Knabe durch seine Geistesgaben wie durch ein eigenes ernstes Benehmen besondere Erwartun= gen bezüglich seines künftigen Berufes rege machte, wurde am 1. Februar 1740, also in seinem 10. Lebensjahre zu Würz= burg in die Zahl der Domicellaren, d. i. der jungen Chor=

---

*) Sie starb nach vielen, mit größter Geduld und Ergebung in Got= tes Willen überstandenen Leiden, wozu zuletzt gänzliche Erblin= dung gekommen war, am 16. Juli 1796. Mehreres hierüber kommt in Dr. Gutenäckers „Franz Ludwig ꝛc. in seinen Münzen" vor. I. Beilage zum XXVII. Bericht des histor. Vereins zu Bamberg. 1864.

herrn (Domherrn), die erst ihre religiöse und wissenschaftliche Bildungszeit zu bestehen hatten, aufgenommen, nachdem zuvor nach damaligem Gebrauche seine Ahnenwappen zur Erprobung, ob gegen diese Aufnahme des jungen Freih. v. Erthal nichts eingewendet werde, vom Ende Dezembers des vorhergehenden Jahres am Eingange der Würzburger Domkirche ausgehängt waren. Als Domicellar bezog Franz Ludwig schon einen Pfründegehalt, der von den Eltern des jungen Chorherrns, wie es eigentlich bestimmt war, und löblicher Weise auch von vielen Abeligen befolgt worden ist, zu seiner Erziehung und Ausbildung verwendet wurde. Seine gelehrte Bildung erhielt er zu Mainz, das damals eine Universität hatte, und von wo er am Ende des Jahres 1749 mit den besten Zeugnissen versehen, nach Würzburg kam. Hier setzte er seine Studien, besonders das des kanonischen Rechts, unter dem damals berühmten Profes= sor Barthel fort, und legte manche Beweise seiner Wissenschaft bei öffentlichen Disputationen ab, so daß man ihm den Bei= namen „des Gelehrten" gab. Zwei Jahre blieb Franz Ludwig in Würzburg, um der Verbindlichkeit, dem Chore persönlich anzuwohnen, nachzukommen. Er bereitete sich zugleich, um seinen Gesichtskreis in den Wissenschaften und seine Menschen= kenntniß zu erweitern, zu einer Reise nach Rom vor, wozu das Domkapitel gern seine Genehmigung ertheilte. Er hörte dort die theologischen Vorlesungen des Professors Carolo Do= menico de Moya, der ihm bei seinem Abgange von Rom über seinen Eifer und wissenschaftlichen Fortschritt sehr ehrenvolle Zeugnisse ausstellte. Nach seiner Rückkehr nach Teutschland begab er sich nach Wien, um bei dem Reichshofrathe, welcher damals für die Schule deutscher Staatsmänner und Regenten galt, und wo ihm hinlänglich Gelegenheit geboten war, seine erworbenen Kenntnisse besonders im Rechtswesen richtig und nützlich anwenden zu lernen. So mit Wissen und mancher Erfahrung ausgerüstet, und von dem besten und festen Willen belebt, seine Kraft ganz dem Amte zu widmen, welches im= mer ihm anvertraut werden möge, kam er nach Würzburg zurück, und trat im Jahre 1763 in seinem 33. Lebensjahre bei dem Domcapitel zu Würzburg als Domcapitular ein. Wegen seiner anerkannten Kenntnisse und Brauchbarkeit wurde er bald darauf zum Präsidenten der fürstlichen Regierung zu Würzburg ernannt. Er nahm sich des ihm übertragenen Amtes mit eben so viel Umsicht als Eifer an, nahm von allen einlaufenden Akten selbst Einsicht, bevor er sie den Referenten zutheilte, und gab nach der gewonnenen Uebersicht des ganzen Sachverhaltes bei den Sitzungen die geeigneten Winke, um alle unnütze Abschweifungen abzuschneiden und aktenmäßige Beschlüsse herbeizuführen.

Im Jahre 1768 wurde der thätige Regierungs-Präsident von seinem regierenden Herrn, Fürstbischof Adam Friedrich Grafen von Seinsheim als Gesandter an den kaiserlichen Hof nach Wien abgeordnet, um in dessen Namen die Belehnung über die geistlichen Fürstenthümer von Bamberg und Würzburg zu empfangen. Am Hofe lernte man bei dieser Gelegenheit die Talente und Kenntnisse des jungen fränkischen Canonikers kennen, und ernannte ihn, weil man gerne einflußreiche Männer in den kleinen Reichsländern in sein Interesse zog, alsbald zum k. k. wirklichen Geheimenrath. Es war ebenfalls nur Anerkennung seiner persönlichen Eigenschaften, daß er von Wien aus zum kaiserlichen Commissarius bei der damals angeordneten Visitation des Reichskammergerichts zu Wetzlar aufgestellt wurde. Es sollte durch diese Visitations-Commission der schleppende Geschäftsgang am genannten Gerichtshofe möglichst beseitiget, demselben mehr Gewalt, und dem Reiche überhaupt mehr Einheit gegeben werden. Es geschah so manches Gute, aber der ganze Zweck des Geschäftes wurde wegen der wie immer in Deutschland herrschenden Uneinigkeit nicht erreicht. Franz Ludwig war nach Beendigung der Commissionsgeschäfte im J. 1775 nach Wien zurückgekehrt, um dem Reichsoberhaupte einen vollständigen Bericht zu erstatten, und von seiner Geschäftsführung Rechenschaft abzulegen. Man war zu Wien darüber so zufrieden, daß ihm

1*

das nächste Jahr darauf (1776) das kaiserl. Concommissariat am Reichstage zu Regensburg anvertraut wurde. Diese wichtigen Aemter und Vertrauens=Posten, bei welchen Franz Ludwig einen ungewöhnlichen Scharfblick und strenge Gewissenhaftigkeit in Abwägung der Rechtsgründe, große Ordnungsliebe und anbauernden Fleiß in Erledigung der Geschäfte, dabei jedoch immer eine gewisse Bedächtigkeit im Erlasse von Entschließungen zeigte, waren für ihn eine treffliche Vorschule für das hohe Amt, das seiner wartete, und prägte sich schon hier der feste Charakter und der energische Wille, alle Kräfte für das allgemeine Beste einzusetzen, wie er ihn später in so glänzender Weise bethätigte, deutlich aus.

Die geistlichen Fürstenthümer Würzburg und Bamberg hatten damals die Verfassung, daß die darin bestehenden Domcapitel aus ihrer Mitte die Bischöfe, welche zugleich Reichsfürsten waren, wählten. Am 18. Februar 1779 war der Fürstbischof von Würzburg und Bamberg Adam Friedrich Graf von Seinsheim gestorben, und kamen dadurch die beiden bischöflichen Stühle in Erledigung. Auf den 18. März wurde für Würzburg die Wahl eines neuen Fürstbischofs anberaumt. Franz Ludwig hatte sich, weil es Statut war, daß jedes Mitglied des Domcapitels, persönlich bei dem Wahlakte zu erscheinen habe, als Würzburger Domcapitular von Regensburg dahin begeben, um bei der Wahl anwesend zu sein. Der unter dem Namen: „der frommen Guttenberg" bekannte Domcapitular, stellte vor der Wahl aus eigener patriotischer Ueberzeugung seinen Amtsbrüdern vor, daß es in einem so schwierigen Zeitpunkte dringendes Bedürfniß sei, dem Vaterlande einen Fürsten zu geben, der weise und erfahren genug, um selbst regieren zu können, und so gewissenhaft und christlich gesinnt sei, daß er gut und gerecht sein Volk regieren werde; *) und alsbald wurde Franz Ludwig, in welchem alle Wählenden die eben geforderten Eigenschaften eines Für-

---

*) So Sprenke in seinem „Franz Ludwig", Würzburg 1826.

sten zu finden schienen, einstimmig zum Fürstbischof von
Würzburg gewählt. Was bei Manchem bei dergleichen Wah=
len nur Heuchelei, dies war bei Franz Ludwig Wahrheit.
Das Bewußtsein der schweren Pflichten und Verantwortungen
eines Bischofs und Fürsten machte ihn erbeben, als er das
Wahlresultat vernahm. Er war unschlüssig und kämpfte sicht=
lich mit sich selbst, ob er seinen Bedenken oder dem an ihn
ergangenen wichtigen Ehrenrufe nachgeben sollte. Er sprach
seine Gesinnungen, als ihn die Versammlung dringend bat,
die Wahl anzunehmen, in einer kurzen aber kräftigen Rede
aus, die alle Anwesenden ergriff. Nach einer Pause erklärte
er die Annahme der Wahl. Der neugewählte Fürstbischof
von Würzburg und Herzog von Franken war auch Mitglied
des Domcapitels in Bamberg. Als solcher mußte er statuten=
mäßig auch an der Wahl eines neuen Fürstbischofs für den
erledigten Stuhl in Bamberg, welche auf den 12. April des=
selben Jahres (1779) angesetzt war, Theil nehmen. Er kam
deßhalb am 10. April nach Bamberg und stieg unter Ableh=
nung aller Ehrenbezeugungen, die man ihm als gewählten
Fürstbischof zu erzeigen hatte, in seinem Domherrnhofe (dem
jetzigen Schwäbischen Hause am Fuße des Dombergs Nr 1191)
ab. Nur seine leidende Schwester Maria Sophia besuchte
er gleich des andern Tages in dem engl. Fräulein=Institut
dahier. Auch im Bamberger Domcapitel vereinigten sich alle
Stimmen an dem festgesetzten Wahltage auf ihn, und er wurde
unter allgemeinem Jubel und den besten Segenswünschen
zum Fürstbischofe von Bamberg gewählt und ausgerufen.
Franz Ludwig war damals den geistlichen Weihen nach nur
Subdiacon. Sobald Alles bezüglich seiner Wahl zum Fürstbi=
schof geordnet war, ließ er sich nach gehöriger Vorbereitung
die Priesterweihe, und am 19. September 1779, nachdem er
durch achttägige geistliche Uebungen in stiller Zurückgezogen=
heit sich vorbereitet hatte, von seinem Bruder, der damals
schon Erzbischof und Churfürst von Mainz war, zu Bamberg
die Consekration als Bischof ertheilen.

Als Franz Ludwig zum Fürstbischof von Würzburg und
Bamberg gewählt wurde, kannte er nicht nur die Regierungs=
geschäfte auf das Genaueste, sondern er hatte sich auch schon
den Scharfblick erworben, die ihn in diesen Geschäften unter=
stützenden Beamten von den höchsten bis zu den subalternen
in Bezug auf Kenntnisse und Brauchbarkeit, sowie auf Amts=
treue und Moralität so zu wählen, daß ein jeder an seinem
Platze war und ersprießlich zu wirken vermochte. Er kannte
die Ländertheile, über welche er als Fürst regieren sollte, nicht
bloß nach ihrer physikalischen Beschaffenheit und Kultur, son=
dern auch im Allgemeinen nach ihrem materiellen und mora=
lischem Stande, nach ihren Vorzügen wie nach ihren Bedürf=
nissen und nachtheiligen Seiten; er hatte sich über die poli=
tische Stimmung der zu regierenden Unterthanen eben sowohl,
als über die damals ebenso wichtig als schwierig gewordene
Politik, die er als deutscher Reichsfürst im Innern und nach
Außen einzuhalten hatte, genügende Kenntniß verschafft, aber
trotz aller dieser Geschäfts=, Menschen= und Landeskenntniß
trat doch Franz Ludwig sein hohes wichtiges Amt nicht ohne
ein gewisses Zagen an, und getraute er sich so zu sagen, im
Anfange selbst nicht. Er sah wohl, daß Mangel, Gebrechen
und Mißbräuche, wie überall so auch in den zur Regierung
überkommenen Ländern vorhanden waren, und daß es noth=
wendig war, darin Verbesserungen und Reformen vorzunehmen,
oder doch die schon dazu getroffenen Anstalten fortzusetzen, zu
befestigen und zu vervollkommnen. Er wollte aber nicht stür=
misch eingreifen, und gleich niederreißen, ohne vielleicht wieder
aufbauen zu können. Von seinem Grundsatze: „Eile mit
Weile; man kommt eher und sicherer zum Ziele" geleitet, griff
er in seinen ersten Regierungsjahren nicht in den Gang der
Dinge ein, und erweiterte so im Stillen seine schon reichlich
gesammelten Einsichten durch das Eindringen in die einzelnen
Theile aller Geschäfte. So entschlossen er sein konnte, so sehr
verstand er die Kunst zu säumen, und den schicklichen Zeit=

punkt abzuwarten, wo es galt, mit allem Ansehen und mit richtig berechnetem Erfolge zu handeln" *).

Um sich gegen Ueberraschungen zu verwahren, mußte Alles schriftlich verhandelt werden. Er entschied nie auf der Stelle, außer wenn es unabweisbare Nothwendigkeit war; ertheilte nie wichtige Befehle über Staatssachen bloß mündlich, und gewährte nie die an ihn gestellten Bitten im Augenblicke. So kam er nicht leicht in den Fall, gegebene Befehle und Anordnungen wieder zurücknehmen, oder bewilligte Bitten bereuen zu müssen. Was er aber einmal nach vorgängiger Prüfung und reiflicher Ueberlegung beschlossen hatte, das blieb aufrecht erhalten, und mußte auf das Pünktlichste ausgeführt werden.

Es versteht sich wohl von selbst, daß Franz Ludwig, so sehr er auch mit Eifer und Ausdauer alle Geistes- und Körperkräfte seinem doppelten Amte widmete, das Bedürfniß tüchtiger, fleißiger und pflichtgetreuer Mitarbeiter fühlte; daher auch gleich von seinem Regierungsantritt an seine große Sorgfalt, sich mit solchen zu umgeben und alle Aemter damit zu versehen.

Da er fand, daß im Vergleiche zu der großen Zahl von Hof- und Regierungsräthen, wie sie in dem Staatskalender aufgeführt waren, die Geschäfte nicht genügend gefördert wurden, und auf Befragen erfuhr, daß manche, besonders von den adeligen Räthen, die Sitzung gar nicht besuchten, oder zu spät dahin kämen; andere nicht selbst arbeiteten, sondern ihre Referate sich von Advokaten fertigen ließen, dachte er auf Mittel, das Hofraths-Kollegium zu größerer Thätigkeit anzuspornen. Ein Tadels-Rescript hatte nicht den erwünschten Erfolg, weil es zu allgemein war; auf den Rath, alle jene Räthe, die nicht den Geschäften fleißig obliegen, Titularhof-

---

*) So sagt von ihm Leibes, Dr. der heil. Schrift, geistl. Rath, Regens des Seminariums zum guten Hirten, und Kanonikus des Kollegial-Stiftes Neumünster in Würzburg, in seiner Trauerrede, die er bei dem Tode Franz Ludwigs in der fürstlichen Hofkirche daselbst hielt.

räthe, ohne Sitz und Stimme zu benennen, ging Franz Lud=
wig auch nicht ein; aber er machte, um jeden Rath persönlich
in seiner Fähigkeit und Brauchbarkeit kennen zu lernen, die
Anordnung, daß sie abwechselnd vor ihm erscheinen und ihre
Referate vortragen mußten. Bezüglich der adeligen Hofräthe
setzte er fest, daß sie nach wie vor auf die Regierung gehen
und arbeiten mögen oder nicht, daß sie aber zu keinem Votum
zugelassen werden, solange sie nicht durch einen Probebericht
ihre Tüchtigkeit bewiesen haben.

Ausgehend von der Ansicht, die er auch ausfprach:
„den besten Beweis der Selbstregierung des Staates gibt der
Regent durch würdige Besetzung der Stellen in Kirche
und Staat, denn er stiftet da Gutes auch noch nach
seinem Tode, welches langsam fortwirkt, besonders wenn er
die Sorgfalt, einen Nachwuchs herzustellen, damit verbindet",
sah er bei Anstellungen von Beamten besonders auf solche
Competenten, die nebst der nöthigen Kenntniß und Ge=
schäftsgewandtheit, sich als gewissenhafte, moralische Männer
bewiesen, weil er wünschte, daß seine Beamten nicht bloß Ge=
schäftsmänner sein, sondern daß sie auch durch ihr Leben den Un=
tergegebenen zum Vorbilde dienen sollten. Unmittelbar an ihn
gerichteten Bittgesuchen um Anstellungen traute er nicht, be=
sonders wenn darin Schmeicheleien auf ihn selbst und seine
Regierungsweise vorkamen, welchen er geradezu Feind war.
Er ließ sich über jene Vorschläge mit Vorlagen der treffenden
Qualificationen machen, und prüfte lange und gewissenhaft,
wenn er die Competenten nicht persönlich kannte, wer nach
seinen Ansichten und Grundsätzen der würdigste und passendste
wäre. Sogenannte Protektionen, die so oft zu nachthei=
ligen Mißgriffen oder offenbaren Ungerechtigkeiten führen, be=
achtete er durchaus nicht. Sein Kanzler Wagner, der lange
Jahre ihm bei dem Anstellungswesen diente, sagt in dieser Be=
ziehung von ihm: „Empfehlungen vertrug er von keinem
Menschen; seine vertrautesten Räthe würden dadurch alles Ver=
trauen verloren haben. Dienstbesetzungen waren ihm eine sei=

ner beschwerlichsten Arbeiten; wenn er aber nach reiflicher Erwägung, im Bewußtsein, vor Gott und zum allgemeinen Besten recht gewählt zu haben, eine Anzahl neuer Ernennungen unterschrieben hatte, dann war er heiterer, als wie gewöhnlich darüber, mehrere würdige Menschen glücklich gemacht zu haben".

Wie Franz Ludwig auf diese Weise sich tüchtige Beamte heranzog und ihren Aemtern die entsprechende Selbstständigkeit und rechte Wirksamkeit verschaffte, so verstand er auch diese Beamten sich verbindlich zu machen. Leibes sagt von ihm in dieser Beziehung: „Franz Ludwig wußte den Grund der Anhänglichkeit an ihn und an seine Grundsätze schon bei seinen Dienstvergebungen zu legen. Er behandelte sie streng als eine Gerechtigkeitssache, wußte aber dabei seiner getroffenen Wahl doch auch das Ansehen der Gnade zu geben. Es war ihm darum zu thun, den Mann, den er ausersehen hatte, durch eine Wohlthat an sich zu fesseln und dadurch seinen Anspruch auf Fleiß und rechtliches Verhalten zu bestärken". Er konnte dieß um so mehr, als er als Selbstregent hierin an kein anderes Gesetz gebunden war, als an das des ihm innewohnenden Gerechtigkeits-Gefühles, das er ängstlich zu erfüllen bestrebt war. Um sich zu überzeugen, daß weltliche wie geistliche Beamten ihre Pflichten erfüllten, suchte er sie nicht nur in seiner nächsten Umgebung selbst zu controliren oder controliren zu lassen, sondern er ordnete auch gleich im Anfange seiner Regierung eine Visitation der sämmtlichen Landämter an, in Folge welcher sieben Beamten, gegen Bestellung einer Pension für Weib und Kinder, abgesetzt wurden, weil ihre Aemter, die früher gekauft worden, schlecht verwaltet waren.

Streng und unerbittlich war er darin, daß seine Beamten ebenso wie er, alle ihre Kräfte in Thätigkeit und Ausdauer ihrem Amte des öffentlichen Wohles wegen widmen, daß sie solches mit Unparteilichkeit und Ehrlichkeit verwalten sollten. Um Bestechungen oder Uebernehmungen an Taxen und

Sporteln, und unerlaubte Erpressungen jeder Art zu verhüten, erließ er eine eigene Verordnung *) deren Zweck er so angab: „um Unsere guten und getreuen Unterthanen gegen den Druck einer übermäßigen Sportelsucht, und Unsere Beamten gegen ungegründete, ihrer amtlichen Ehre und Ruhe nachtheilige Klagen zu sichern." Sie wurde streng aufrecht erhalten, und blieb nicht ohne guten Erfolg.

War Franz Ludwig gewissenhaft in Bezug auf das Eigenthum des Einzeln, so war er es nicht minder bezüglich des Eigenthums des Staates; er hielt es für das Gesammteigenthum seines Volkes, sich aber für den von der Vorsehung aufgestellten Verwalter desselben. Deßhalb verlangte er, daß auch seine Mitverwalter, die Beamten, dasselbe so betrachten und nach dieser Ansicht verwalten sollten. Mit Strenge wachte er über genaue Erfüllung seiner Grundsätze. Als ein Geistlicher auf vieles und eindringliches Bitten der Verwandten eines Beamten, der eine Kassenveruntreuung begangen hatte und jetzt krank darnieder lag, ohne Hoffnung, wieder aufzukommen und Schadenersatz leisten zu können, es unternahm, dem Fürsten die Sache unter verdecktem Namen vorzutragen und ihn anzuflehen, daß er aus landesherrlicher Machtvollkommenheit das Schuldige gnädigst erlassen wolle, gab er die seine Gewissenhaftigkeit charakterisirende Antwort: „Also mir, als Landesfürsten, gilt Ihr Vortrag? Ich soll aus landesherrlicher Machtvollkommenheit eine dem Landesärar schuldige Restitutionssumme erlassen, um die Familie eines Defraudanten vor Verarmung zu schützen? Dieß kann nach meiner Ansicht nicht geschehen. Nur der Eigenthümer kann die ihm schuldige Summe nachlassen; dieser bin ich nicht. Als Landesfürst bin ich nicht der Eigenthümer, sondern der Verwalter der öffentlichen Gelder; es sind die Blutpfennige meiner Unterthanen, mit dem Schweiße manches arbeitsamen und darbenden Bürgers befeuch-

---

*) Datum Bamberg den 25. April 1793.

tet, der sie willig seinem Staatsoberhaupte zur gewissenhaften Verwendung für das Gemeinwohl anvertraut. Wehe wir dann, wenn ich sie an Unwürdige vergeudete! Unwürdig ist aber jeder, der die ihm anvertrauten Gelder veruntreut. Dafür bin ich dem Weltenrichter, dem auch die Fürsten Rede stehen müssen, verantwortlich." Er sagte schlüßlich dem Geistlichen, diese seine Ansicht auch Andern mitzutheilen, damit er fernerhin mit solchen Zumuthungen verschont bleibe.

So genau Franz Ludwig in Ueberwachung seiner Beamten war, so ließ er sich doch nicht durch geheime Denuntiationen bezüglich derselben einnehmen und leiten. Wohl fehlten, wie bei jedem Regierungswechsel, wo gewöhnlich der Wechsel der Grundsätze und des Regierungssystems auch einen Wechsel der Personen im Dienste nach sich zieht, solche auch bei seinem Regierungsantritte nicht, und wurde anfänglich darauf hin manche Untersuchung angeordnet, aber Franz Ludwig merkte bald die Gefährlichkeit derselben, wurde deßhalb in dieser Beziehung vorsichtig, und schenkte solchen geheimen Angebereien keine Aufmerksamkeit. „Geheime Denuntiationen," äußerte er sich, „soll der Regent mit Bezahlung und Beförderungen nicht zu begünstigen suchen, weil nur allzuoft eigennützige Absichten mit unterlaufen; sie sind daher zwar nicht schlechterdings abzuweisen, aber ein aufsichtiges Augenmerk muß der Regent haben, um auf die dahinter steckenden Absichten zu kommen."

Wenn der Fürst in der Administration zur gewissenhaften Verwaltung und Verwendung der Staatsgelder die Beamten aufforderte, und darauf drang, daß die größte Einfachheit und Sparsamkeit zum Besten des Landes eingeführt werde, so hielt er in der Rechtspflege strenge auf möglichst schnelle und besonders unparteiische Entscheidung. Einem Justizbeamten, der den Rechtsstreit einer armen Wittwe ungewöhnlich lang verzögert und diese dadurch in großen Nachtheil gebracht hatte, gab er auf die bei ihm unmittelbar angebrachte Klage

der Wittwe den Befehl, binnen drei Wochen über den Gegen=
stand des Rechtsstreites, über die Zeit, während welcher er
anhängig war, und über die Hindernisse, die seine Entscheidung
verzögerten, ihm Bericht zu erstatten. Der Referent kam die=
sem Befehle genau nach und legte, um sich Ehre zu machen,
den ganzen Rechtshandel bis zum Abschluß bearbeitet vor.
Der Fürst genehmigte die Verhandlung sowie das entworfene
Erkenntniß bis auf die Verurtheilung in die Kosten, die der
Kläger tragen sollte. Dieser Theil des Erkenntnisses wurde
auf das erste Streitjahr beschränkt; für die anderen Jahre
der Dauer des Streites verurtheilte der Fürst den Referen=
ten, sowohl die Beklagte für ihre jahrelangen Entbehrungen
zu entschädigen, als die weiteren aus der Verzögerung ent=
standenen Kosten zu vergüten mit der Ansprache an den Justiz=
beamten: „Sie haben auf meinen Befehl diesen Rechtshandel
in so kurzer Zeit exakt beendigt, hätten Sie dieß nicht ohne
mich ex officio thun sollen? Gewissen und Amts=
pflichten müssen einem Justizbeamten mehr, als
ein Kabinetsbefehl gelten.“ — Um solchen Verzögerungen
für alle Zeit vorzubeugen, verfügte der Fürst, daß jeder Justiz=
rath sein Referat über den ihm zugetheilten Rechtsstreit vor=
zulegen habe, wobei er genau auf die Zeit des Einlaufens
der Sache und der beendigten Bearbeitung merkte. Es ge=
wannen dadurch die Referate auch an Gründlichkeit und Un=
parteilichkeit. Um zu zeigen, wie viel ihm diese galt, und
wie wenig er in Bezug auf Justiz einen Unterschied des Stan=
des oder Amtes mache, oder sich vor Vorurtheilen leiten lasse,
strafte er in Fällen, wo Adelige gegen Bürgerliche sich eines
Verbrechens schuldig machten, trotz aller Fürbitten strenge, selbst
mit entehrenden Strafen.*) Der edle Fürst sagte, als man
ihn mit Bitten bestürmte, die Schande der Zuchthausstrafe
von dem Thäter abzuwenden, „wen Geburt und Er=
- ziehung nicht vor entehrenden Verbrechen bewah=

---

*) Es hatte ein Adeliger einen Bürgerlichen auf offener Straße
wegen einer unbedeutenden Beleidigung meuchlings ermordet.

ren, den könne sie auch nicht vor der Strafe der=
selben schützen. Wer die Achtung und Vorzüge,
die dem Adel gebühren, ansprechen wolle, müsse
sich auch selbst an Geist und Leben adeln, dürfe
sich nicht durch pöbelhafte Sitten entadeln." Auch
in Bestrafung des Duells, selbst zwischen Offizieren, besonders
wenn dasselbe aus Betrunkenheit oder gemeinen Streitigkeiten
hervorging, oder aber dem Hausfriedensbruche und der Hinter=
list gleichkam, war er strenge, und wurde in solchen Fällen
wie die beregten, selbst Kassation verhängt.

Im Allgemeinen hielt der Fürst mehr auf weise, feste
Handhabung der Gesetze, als auf vieles Gesetzgeben. Doch
gab er, weil ihm die bestehenden Gesetzbücher nicht ganz ent=
sprachen, den Auftrag zur Bearbeitung eines neuen Gesetz=
buches für peinliche Rechtspflege.*) Einige Hinrichtungen, die
nach der durch ihre Strenge bekannten Bamberger Kriminal=
Gerichts=Ordnung, welche 1507 zuerst publicirt, dann im
fränkischen Kreise überhaupt angenommen wurde, und der
peinlichen Gerichts=Ordnung Karls V. (Carolina) zur Grund=
lage diente, im Anfange seiner Regierung wegen verübten
Raubes vorkamen, schienen das gefühlvolle Herz Franz Lud=
wigs etwas erschüttert und beunruhigt zu haben, so daß er
damit umging, wo möglich die Todesstrafe in seinen Ländern
abzuschaffen. Er beschäftigte sich viel mit Schriften über Auf=
hebung der Todesstrafe und seine darüber angestellten Erwäg=
ungen hatten zur Folge, daß er, ohne dieselbe ausdrücklich
aufzuheben, das Recht, sie zu verfügen, mit größter Milde
handhabte. Er war bestrebt, durch Erziehung, durch Vered=
lung der Gefühle und Sitten des Volkes, durch Trennung
der nicht ehrlosen Sträflinge von Verbrechern, besonders durch

*) Quistorps Entwurf zu einem Gesetzbuch in peinlichen= u. Straf=
Sachen. — Sammlung der fürstlich=würzburgischen Landes=Ver=
ordnungen, Folio. Der III. Theil enthält die Verordnungen des
Franz Ludwig und sind diese gesammelt vom Hof= u. Regierungs=
rath Heffner, Würzburg 1801.

mögliche Verhinderung der Rückfälle die Todesstrafe nach und nach unnöthig zu machen.

So sehr Franz Ludwig als Fürst, wie schon bemerkt, auf schleunige Gerichtspflege drang, so genau er überall Einsicht nahm, und selbstständig seine Entschließungen erließ, so gab er doch beim Vortrage juristischer Sachen nur seine Zweifel zu erkennen, und entschied nie hierin, so daß er auf eine die Selbstständigkeit der Gerichte gefährdende Weise sich nicht einmischte, sondern vielmehr die Unabhängigkeit der Gerichte als das Palladium der staatlichen Gesellschaft achtete. Ueberhaupt hatte er, obgleich unabhängiger, selbstherrschender Regent, sich zur Maxime gemacht: „Je mehr der Fürst Einsichten zu haben glaube, desto mehr müsse er seine Stellen zu Rathe ziehen. Jedem Rathe müsse gestattet sein, seine Meinung frei, ohne Menschenfurcht zu sagen. Den Räthen müsse bedeutet werden, daß keine Macht- und Vollkommenheits-Maximen im Kabinete herrschen. Gegen das Gutachten einer Stelle solle nicht gleich entschieden, sondern eine neue Ueberlegung bei wichtigen Sachen anberaumt werden; bei unerheblichen Sachen sei es räthlich, manchmal den Stellen nachzugeben, wenn man auch ihrer Meinung nicht sei, damit der Regent nicht in den Ruf eines steifen, unbiegsamen Eigensinnes gebracht werde. Manchmal trete aber der Fall ein, wo er mit Gewalt durchgreifen müsse, wenn nämlich die Stellen aus einem herrschenden Vorurtheile oder aus Liebe zum Herkommen oder aus Gemächlichkeit sich seinen getreu und wohl überlegten Absichten widersetzten; das Ganze müsse so ineinander greifen, daß der Fürst die Willkühr der Stellen beschränke, und er seine Willkühr von ihnen beschränken lasse." Um aber die rechten Richter und Räthe und Beamten zu haben, und die Stellen zweckmäßig besetzen zu können, um überhaupt die rechten Diener des Staates und der Kirche sich nicht nur für seine Regierungszeit zu verschaffen, sondern auch seinem Grundsatze gemäß durch einen tüchtigen Nachwuchs hierin für die folgenden Zei-

ten zu sorgen, ließ er sich die Heranbildung solcher eifrigst an=
gelegen sein. Allein Franz Ludwig wußte nur zu gut, daß
der Regent und seine Staatsdiener nicht wirken können, wenn
auf der andern Seite keine Empfänglichkeit, kein Gehorsam
vorhanden ist; er war überzeugt, daß durch Gesetze und Ver=
ordnungen allein das Volk nicht in seinen Sitten veredelt,
in seinen Bedürfnissen befriedigt und glücklich gemacht werden
kann; er erkannte es und sprach es aus, daß dieß nur durch
Unterricht und Erziehung, durch eine auf religiös = sittlicher
Grundlage ruhenden Heranbildung der Jugend zu erzielen sei;
weßhalb er, auf die Verbesserung des Schulwesens,
von der Elementarschule angefangen bis zur höchsten Bildungs=
anstalt der Universität, mit aller Sorgfalt Bedacht nahm.
Hier kam ihm besonders zu statten, daß er Fürst und Bischof
zugleich war. Als Bischof vermochte er durch die Geistlichkeit
in der Stadt und auf dem Lande, durch die meistens geistlichen
Lehrer der höheren Bildungsanstalten, durch Selbstanschauung bei
Pfarrvisitationen und Schulbesuchen von dem Stande der
Schulen und ihren Bedürfnissen sich auf das Genaueste zu
unterrichten, und als Fürst hatte er die Mittel an der Hand,
diesen Bedürfnissen ganz und auf das Zweckmäßigste abzu=
helfen. Er fing mit der Elementarschule an, wo in den zar=
ten, jugendlichen Gemüthern die ersten religiös=sittlichen Grund=
sätze eingepflanzt werden müssen, aus welchen später Gehor=
sam, Achtung vor dem Gesetze, Vaterlandsliebe und alle Bür=
gertugenden, sowie wahre Religiosität und Sittlichkeit sich ent=
falten. Daß Geistliche und Lehrer, wie es zur Erreichung des
vorgesteckten Zieles nothwendig war, in diesem Geiste durch Un=
terricht in der Religion, wie in andern Elementargegenständen
recht zusammenwirkten und nebst dem Unterricht auch die Er=
ziehung sich zur Angelegenheit machten, ließ es Franz Ludwig
weder an eindringlichen Aufforderungen in besondern Verord=
nungen, Hirtenbriefen und bei allen Gelegenheiten, wie sie sich
besonders bei persönlichen Visitationen der Pfarreien boten, noch
an gehörigen Aufmunterungen der Geistlichen und Lehrer feh=

len, indem er diejenigen, die durch Liebe und Eifer für das Schul=
wesen sich auszeichneten, durch Verbesserung ihrer Wohnungen,
durch Gehaltserhöhungen und alle mögliche Unterstützung in
ihren dienststlichen Verhältnissen belohnte. Weder Zeit noch
Geld sparte er, wenn es sich um Errichtung neuer Schulen
und neuer Schullokale, deren er so viele aufführte, handelte.
Konnten die erforderlichen Mittel hier oder dort nicht aufge=
bracht werden, so nahm er dazu seine Schatulle*) in Anspruch.
Das Gedeihen seiner Schul=Einrichtungen verschaffte ihm viele
Freude. Es war eine Wonne für den Fürsten, seine Sorgen
um die Landesangelegenheiten bisweilen auf einige Stunden
in dem Kreise der unschuldigen Jugend abzulegen; es war
ihm eine der fürstlichen Unterhaltungen, die er erhabenen
fremden Gästen bereitete, seine Kleinen ihnen vorzuführen, um
sie die ersten Proben ihrer Religionskenntnisse ablegen zu
lassen. Er war der zärtliche Vater der Kinder und der beste
Freund der Kleinsten im Sinne des göttlichen Kinderfreundes,
der da ausrief: laßt die Kleinen zu mir kommen.

Soll der Jugend=Unterricht die erwünschten Früchte brin=
gen, so muß er den Bedürfnissen der zu Unterrichtenden nach
ihrem Stande und Verhältnisse, den Anforderungen der Zeit
entsprechend sein; er muß auf die möglichst leichte, zweckmäßige,
wirksame Weise ertheilt werden, und müssen die, welche den=
selben ertheilen, die rechte Befähigung haben, mit den erfor=
derlichen Kenntnissen und einer entsprechenden Lehrgabe aus=
gerüstet, mit Lust und Liebe zum Unterricht der Kleinen er=
füllt sein. Alles dieses konnte nur erreicht werden durch Her=
anbildung tüchtiger Schullehrer. Daher die Sorge Franz Lud=

---

*) Dies war die Privatkasse (ähnlich der Civilliste) des Fürsten. Die
Einnahmen, die aus Staatsgeldern in dieselbe flossen, betrugen
nach Angaben einiger Schriftsteller 30,000 fl. von Würzburg und
15,000 fl. von Bamberg. Ueber diese Gelder konnte der Fürst
ganz nach seinem Willen verfügen. Wie Franz Ludwig sie an=
wendete, davon gibt seine ganze Lebens= und Regierungsweise
Zeugniß.

wigs für Errichtung und zweckmäßige Einrichtung von Schul=
lehrerseminarien, für das Verbessern der Lehrmethode, für Ver=
mehrung der Lehrkräfte. Wie er das vom Fürstbischofe Adam
Friedrich für angehende Schullehrer errichtete Seminar in
Würzburg durch manche ersprießliche Veränderungen seinem
Zwecke mehr entsprechend zu machen suchte, so gründete er zu
Bamberg, wo durch vorbenannten, für Verbesserung des
Schulwesens ebenfalls sehr eifrig wirkenden Fürstbischof *)
schon die Einrichtung getroffen war, daß einer der drei Prie=
ster im Schnappauf'schen Priesterhause **), Kaplan Gerner,
mehreren Landschulmeistern Unterricht ertheilte, ein eigentliches
Schullehrerseminar, und stattete es nach den damaligen Ver=
hältnissen trefflich aus. Da ihm die bisherige Anstalt unge=
nügend erschien, so ließ er nach zuvor erholtem Gutachten
des bischöflichen Ordinariats einen vierten Priester ins Schnapp=
auf'sche Haus aufnehmen, der als Vorsteher des zu errich=
tenden Schullehrerseminars aufgestellt werden sollte. Um für
solches die nöthigen Räumlichkeiten zu gewinnen, wurde für
die drei übrigen Schnappauf'schen Priester im Sommer 1789
ein an das Pfarrhaus der obern Pfarre zu U. L. Fr. an=
stoßender Neubau aufgeführt, welchen diese im Mai 1790 be=
zogen. Durch fürstbischöfl. Dekret vom 30. Juli 1790 wurde
das Verhältniß der Dienstes=Obliegenheiten dieser drei Priester
genau vorgezeichnet.

*) Adam Friedrich hat zu diesem Zwecke ein Legat von 20,000 fl.
vermacht.
**) Das jetzige Vorderhaus in der Karolinenstraße Nr. 1208 in Ver=
bindung mit dem Hinterhause am Schrannenplatze Nr. 1214.
Nach Franz Ludwigs Tod wohnte der Nachfolger des verstorbe=
nen Schuldirektors Pez, Nicolaus Hauptmann, später Oberstu=
dienrath bis zum Schlusse des Jahres 1804 im Schnappauf'schen
Hause als dem Seminar=Gebäude. Im Jahre 1805 wurde die=
ses, weil dort die Räumlichkeiten nicht mehr zureichten, verlassen
und das Seminar in das Waisenhaus auf dem Kaulberg, und
im Jahre 1827 in das jetzige Seminar=Gebäude, das ehemalige
Kapitelhaus des Kollegialstifts St. Stephan (von Propst v. Wer=
denstein 1756 erbaut) versetzt.

Nachdem die entsprechenden Einrichtungen zu einem Schul=
lehrer=Seminar in dem Schnappauf'schen Pr. Hause getrof=
fen waren, begann der bereits genannte vierte Schnappauf'sche
Priester Gerner als Schuldirektor am 25. Juli 1791 für
fünf im Stiftshause wohnende Zöglinge den Unterricht. Auf ihn
folgte schon im Febr. 1792 der Priester des geistl. Seminars
Joh. Bez, der als Lehrer in der neuen Anstalt zugleich Auf=
seher der Stadtschulen und wirklicher geistlicher Rath wirkte.
Unter seiner Leitung vermehrte sich die Zahl der Zöglinge
und hatte die Anstalt zur Freude Franz Ludwigs den er=
wünschten Fortgang. Oft besuchte er dieselbe, und munterte
dadurch Lehrer und Schüler auf. Die Zöglinge waren für
den edlen Gründer der Anstalt für immer mit besonderer Hoch=
achtung und Liebe erfüllt, weil sie während ihrer Bildungs=
zeit sowohl durch die Ansprachen, welche er bei seinen Be=
suchen der Anstalt an sie hielt, als durch seine Verordnungen
für das Schulwesen zur Ueberzeugung gelangten, daß all sein
Wirken hierin wie auf das allgemeine Beste, so auch auf die
Verbesserung der Lage der Lehrer hinzielte.

Um Anlaß zu Unsittlichkeiten möglichst zu verhüten, und
weil er glaubte, daß für Mädchen, deren Bestimmung eine
andere als die der Knaben ist, auch die Erziehung, die Be=
schäftigung und Charakterbildung eine andere sein müsse, die
am besten von weiblichen Individuen geleitet werden könne,
stellte Franz Ludwig, wie in den beiden Residenzstädten Bam=
berg und Würzburg, so auch in Landstädtchen, und wo es
nur möglich war, Lehrerinnen an, die nebst den übrigen Lehr=
gegenständen die Mädchen auch in weiblichen Arbeiten unter=
richten mußten. Wo keine solche Lehrerinnen waren, wurden
besondere Industrie=Lehrerinnen, welche meistens die Frauen
der Lehrer waren, aufgestellt.

In Bamberg ließ er für die weibliche Schuljugend im
englischen Fräulein=Institut theils aus Dankbarkeit für die lie=
bevolle Pflege, welche seine Schwester dortselbst genoß, theils

zur bessern Erreichung seiner Absichten, einen neuen Flügel,*) zu dem bisherigen Instituts-Gebäude aufführen und einrichten. Auch die Schulen in der Wunderburg gründete er und erbaute dort das nun vergrößerte Schulhaus.

Damit die reifere Jugend, nach ihrem Austritt aus der Elementarschule, nicht alsbald wieder vergäße, was sie gelernt hatte, ordnete Franz Ludwig die Sonntagsschulen für dieselbe an. Bei Strafe wurden die Aeltern verpflichtet, ihre Kinder regelmäßig und zwar im Winter und Sommer in die Sonntagsschule zu schicken.

Daß mit den übrigen Lehrgegenständen die Religionslehre, welche die Basis alles Unterrichtes bilden sollte, immer gleichen Schritt hielte, wurden die Pfarrer und Seelsorger verpflichtet, dreimal wenigstens in der Woche die Schule zu besuchen, dem Unterrichte anzuwohnen und Religionsunterricht daselbst zu ertheilen. In den Sonntagsschulen wurden neben Religion, Lesen, Schreiben und Rechnen noch andere gemeinnützige Kenntnisse der Jugend beizubringen gesucht, besonders über Obstbaumzucht, wozu auch sogenannte Industrie-Gärten auf Gemeindeplätzen angelegt wurden. Um Vorurtheile und Aberglauben zu beseitigen, ließ er auf seine Kosten bei dem Landvolke gute Schriften verbreiten.

Nicht mindere Sorgfalt wurde den gelehrten Schulen, von den ersten lateinischen Klassen bis zu Universitäten, in Würzburg und Bamberg zugewendet. Durch Vermehrung des Lehrerpersonals, durch Erhöhung der Anstaltsfonds, durch Aufbesserung der Lehrerbesoldungen und außerordentliche Belohnungen aus seiner eigenen Schatulle, durch Aussetzung von Preisfragen über die zweckmäßigsten Mittel zur Beförderung des Unterrichts, suchte er seine Absicht, einen gesteigerten Unterricht zu erzielen, zu erreichen. Die Lehrart an den lateinischen Schulen und am Gymnasium wurde verbessert, und zur Aufmunterung der Lehrer wie der Schüler, wohnte der

---

*) Den ausnahmsweise mit seinem Wappen versehenen, an die Kirche anstoßenden Theil gegen den Graben.

2*

Fürst den öffentlichen Prüfungen selbst bei. Um die nöthige Gleichförmigkeit der Methode und der Disciplin an den Anstalten herzustellen und zu erhalten, mußte der jeweilige Rektor strenge Nachsicht in den verschiedenen Klassen pflegen, halbjährige Prüfungen und Musterungen anstellen, monatliche Zusammenkünfte der Professoren abhalten, in welchen unter seiner Leitung Besprechungen und Berathungen über den Fortgang der Studien, über den Stand der Disciplin und Sittlichkeit der Studirenden gepflogen wurde. Um die letztere auch außer der Schule zu überwachen, wurden auch die Wohn- und Kosthäuser der Studenten unter Aufsicht genommen. Die Pfarrer auf dem Lande, in deren Pfarreien Studenten während der Ferien sich aufhielten, hatten die Weisung, auf diese ihre zeitlichen Pfarrkinder Aufsicht zu pflegen, besonders auf jene, welche Kandidaten des geistlichen Standes waren. Diesen mußten noch über ihr Wohlverhalten Zeugnisse, die sie bei der Rückkehr von den Ferien vorzulegen hatten, ausgestellt werden. Alle vier Jahre wurden sogenannte geistliche Uebungen (Exercitien) für die Studenten abgehalten, wobei immer Franz Ludwig einen Hirtenbrief an sie richtete und solchen mit seinen väterlichen Wünschen und seinem Segen begleitete. Es war ein eigener Prediger für sie aufgestellt und wurde der Gottesdienst, während welcher die Professoren abwechselnd über die Theilnahme und das Benehmen der Studirenden Aufsicht pflegten, ebenso feierlich wie in den Pfarrkirchen gefeiert.

Daß Franz Ludwig für die Universitäten und die Priester-Seminarien, welche er zunächst als die Pflanzschulen der Diener des Staates und der Kirche betrachtete, wie in Würzburg so in Bamberg alle Sorgfalt aufwandt, läßt sich nach dem Vorausgehenden von selbst denken. Die Universität zu Würzburg fand er bei seinem Regierungs-Antritt in einem blühenden Zustande; er suchte diese Bildungs-Anstalt nicht nur so zu erhalten, sondern noch zu erweitern und nach den Zeitbedürfnissen zu vervollkommnen. Die Nothwendigkeit einer tüchtigen, philosophischen Bildung vor den eigentlichen Fachstudien hatte er an sich selbst erfahren; daher seine Achtung des Studiums der Philosophie, wie er sie schon an dem Reichstage zu Regensburg als kaiserlicher Commissarius durch sein Urtheil über die Kant'sche Philosophie an den Tag legte. Gewiß nur in der besten Absicht geschah es, daß er, um ja kein gebotenes Bildungsmittel unversucht zu lassen, für die genannte Philosophie, die damals Epoche machte, einen Lehrstuhl an der Universität errichtete. Er zahlte dem hiefür angestellten Professor Pat. Matern Reuß, Benediktiner zu Sct. Stephan in Würzburg, aus seiner Schatulle das Reisegeld, den berühmten Philosophen Emanuel Kant in Königsberg zu besuchen, ihn persönlich kennen zu lernen, und über Manches seines oft dunklen Systems sich mündliche Aufschlüsse zu erholen. Er erließ eigene Verordnungen, welche das Studium der Philosophie allen studirenden Landeskindern zur Pflicht machten, mit Ausnahme derjenigen, welche juridische Kollegien nur deßhalb besuchten, um dereinst als Kanzlisten oder sonst als Schreiber leichter unterzukommen. Wie strenge der umsichtige Fürst über die Ausführung dieser Verordnungen wachte, geht aus der derben Abfertigung hervor, welche er dem berühmten Würzburger Chirurgen Caspar von Siebold ertheilte, als derselbe seinen Sohn Elias, den nachmaligen ersten Professor der Geburtshülfe an Berlins Hochschule, ohne den Nachweis der absolvirten Philosophie und Physik in das medicinische Studium einführen wollte. „Eine gründliche Philosophie", heißt es in dem fürstlichen Rescript, „ist die Wegweiserin zu allen andern Wissenschaften. Wer ohne sie zu frühzeitig sich in das Gebiet der andern Wissenschaften wagt, wird höchstens ein oberflächlicher Vielwisser, oder gewiß nur ein Gelehrter ohne vollkommene Ausbildung" *).

Sollten die zur Bildung praktischer Aerzte und Wundärzte in Würzburg gegründeten klinischen Anstalten sich ihrer Vollkommenheit nähern, so mußte vor Allem den Mängeln an der äußeren und innern Einrichtung des Julius-Spitales durch eine der Zeit entsprechende Reform abgeholfen werden. Der Scharfsicht, dem Unternehmungsgeist und der Beharrlichkeit des neuen Fürsten Franz Ludwig gelang dieß vollkommen. In kurzer Zeit waren alle nöthigen Bauten hergestellt und die ganze Einrichtung so getroffen, daß sie zum Muster für Anstalten dieser Art gelten konnten. Auch eine Thierarzneischule wurde in Würzburg errichtet und mit Beiziehung des ersten vollkommen ausgebildeten Professors der Thierarzneikunde so eingerichtet, daß an dem daselbst ertheilten Unterrichte auch Aerzte und Wundärzte Theil nehmen konnten.

Sein hohes Interesse für die Hochschule zeigte Franz Ludwig besonders bei dem im Jahre 1782 zu feiernden Dreihundertjährigem Jubiläum derselben. Während er Festlichkeiten, die seiner eigenen Person gelten sollten, bei allen Gelegenheiten ablehnte, „bestimmte er", sagt Sprenke, „dem Jubiläum der Universität prunkreiche Feste, welche seiner eigenen Achtung für die Wissenschaft, dem Vergnügen über den blühenden Stand seiner hohen Schule, der Liebe zu einem der edelsten Werke seines großen Ahnen Julius, welches nun ihn statt seines dreihundert Jahre hindurch bewunderten Stifters als Pflegevater verehrte, vollkommen entsprachen." Die bevorstehende Eröffnung des Festes bezeichnete Franz mit verschiedenen Beförderungen an der Universität. An alle deutsche Hochschulen und die beiden europäischen Mutteruniversitäten Bologna und Paris ergingen die solennesten Einladungen zur Theilnahme an der Feierlichkeit, die denn auch nicht nur durch theolog. und juridische Disputationen, Beförderungen zur Doktorwürde aus allen Fakultäten, durch chirurgische und physikalische Demonstrationen, sondern auch durch prächtige Bewirthung der Gäste und abwechselnde Ergötzlichkeiten, wobei Franz Ludwig mit Hintansetzung jedes sonst üblichen

Ceremoniels zugegen war, und nicht sowohl als Fürst sondern als Freund unter den Professoren seinen Platz wählte. Eilf Tage hindurch schien der Fürst der Akademie einzig und allein zu leben. Die Universität zeigte ihre Dankbarkeit gegen denselben, der zu ihrem Beßten soviel gethan, seine Neigung für die Literatur so deutlich, so öffentlich, so großmüthig gezeigt hatte, dadurch, daß sie ihm gleich nach dem Feste das Rektorat antrug, was auch Franz Ludwig mit Vergnügen annahm. Als solcher wohnte er dann zugleich mit dem Prorektor den Berathungen des Senats bei, und besuchte die philosophischen und unteren Klassen der Studien-Anstalten.

Die Universität in Bamberg, die von Melchior Otto Voit von Salzburg 1648 als Ottonianische Academie gestiftet und mit einer Professur für Kirchenrecht, vier Lehrstellen für die Theologie und mit ebensoviel für die Philosophie ausgestattet, dann von Friedrich Karl von Schönborn (reg. von 1729 – 1746) mit einer öffentlichen Rechtsschule versehen, und eigentlich zur Universität erhoben, endlich von Adam Friedrich Grafen v. Seinsheim (reg. 1757 – 1779) mit medicinischen Lehrstühlen erweitert worden war, fand an Franz Ludwig denselben Beschützer und Beförderer als wie die Würzburger Hochschule. Er erweiterte die Lehr- und Lerngelegenheit durch Lehrstühle für die Entbindungs- und Wundarzneikunde, durch die weiter unten zu besprechenden trefflichen Einrichtungen für Klinik, durch die mit vielen Kostenaufwand hergestellten Säle für ein Naturalienkabinet und für die Bibliothek. Außerdem unterstützte er strebsame, talentvolle Studirende der Hochschule zu ihrer weiteren Ausbildung mit Reisestipendien, und erleichterte auf jegliche Weise die Benützung der literarischen Hilfsmittel, eiferte zum Studium durch Preisaufgaben an, und wirkte durch manche Verordnungen auf den Gang und Fortschritt der Studien ersprießlich ein. Unter dem Schutze und den Aufmunterungen eines solchen Mannes wurde von den Professoren der Universität, 24 an der Zahl, unter denen viele Celebritäten in ihrem Fache, mit ebensoviel Eifer und Lust als mit glücklichem Erfolge gewirkt.*)

So war für die Erziehung und Bildung der Jugend in allen Altersperioden im Bamberg'schen und Würzburg'schen trefflich gesorgt, nur eine Klasse war in Bamberg noch übrig, die zu ihrer Ausbildung und dem darauf begründeten besseren Fortkommen einer Anstalt bedurfte; es war dieß die Klasse der Lehrjungen und Handwerksgesellen. Wie zu Würzburg eine Zeichnungs-Academie bestand, so sollte nun auch zu Bamberg eine solche errichtet werden, um einerseits überhaupt die höheren Lehranstalten zu ergänzen, anderseits dem obenbesagten Zwecke zu dienen. Franz Ludwig hatte den jungen Artillerie-Lieutenant Leopold v. Westen, welcher an der Universität Würzburg Mathematik, Baukunst, Fortifications- u. Artillerie-Wissenschaft, Physik und Malerei mit großem Fleiße und Erfolg betrieben, auf seine Kosten im Jahr 1786 eine Reise machen lassen, damit er seine Kenntnisse in der Land- und Wasserbaukunst vervollkommne. Die Rheinlande, Holland, Preußen, dann Oesterreich, Ungarn, Böhmen, Mähren und Sachsen machte Westen durch, besuchte überall die Zeichnungs-Academien und alle Ingenieure, und machte über alle gesehene merkwürdige Gebäude und Maschinen Zeichnungen. Bei seiner Rückkehr legte er seine Aufnahmen dem Fürsten vor, der ihn dann zum Oberlieutenant der Artillerie beförderte. Als solcher fing Westen schon an, viele Jünglinge, die sich später als Bauräthe und andere Bedienstete auszeichneten, im Zeichnen zu unterrichten. Im Jahre 1794 legte er dem Fürst-bischof den Plan zur Errichtung einer eigentlichen Zeichnungs-Academie vor, und derselbe wurde von Franz Ludwig, dem mit allem Eifer für die Erweiterung und den Flor der Bildungs-Anstalten beseelten Fürsten, alsbald angenommen

---

*) Unter Andern sind zu nennen Daum, Sommer, Reuder, Georg Nüßlein, Schrott, J. G. Ritter (Jurist), Gönner, Weber, Markus, Dorn, die beiden Gotthard, Zippel, Röschlaub, Ign. Döllinger, Walther.

und weil im Augenblicke bei dem bereits ausgebrochenen Kriege
kein Fond dazu zu Gebote stand, mit Hilfe des Stadtmagistrats,
der den Saal im sogenannten Hochzeitshause dazu hergab,
Tische, Stühle und Schränke anschaffte und jährlich drei Klaf=
ter Holz verabreichte, ausgeführt. Am 15. December 1794
war die Eröffnung. Am 12. April 1795 fing der Unterricht
an Sonn= und Feiertagen, zu dessen unentgeltlicher Ertheilung
sich Westen erboten hatte, für die Lehrlinge und Gesellen des
Handwerks an, der später von Adalbert Philipp Sensburg
und von Jos. Martin von Reider eifrig und thätigst fortge=
setzt, den Gewerben Bambergs, besonders Zimmerleuten, Tün=
chern, Häfnern so gut zu statten kam, daß sie mit jeder an=
dern Stadt wetteifern konnten.

Hatte Franz Ludwig als Fürst dafür alle mögliche Sorg=
falt aufgewendet, um brauchbare gewissenhafte Staatsdiener
herzubilden, so mußte er als Bischof, wie jeder Bischof ein
besonderes Augenmerk auf die bestmögliche Heranbildung sei=
ner Mitarbeiter im Weinberg des Herrn richten. In Bam=
berg fand er das schöne, gut fundirte und ebenso gut einge=
richtete Klerikal=Seminar, welches von Ernst von Mengersdorf
1586 gegründet und in das gegenwärtige von Friedrich Karl
v. Schoenborn zwischen 1733—1738 neu gebaute Haus ver=
setzt worden war, schon vorhanden. In Würzburg ließ Franz
Ludwig, nachdem er zuvor den Regens des Seminars daselbst
zur Besichtigung der besten Anstalt dieser Art hatte reisen
lassen, ein geräumiges Gebäude dazu einrichten. Franz Ludwig
kannte seine Seminaristen schon von ihren Vorstudien her,
und war auf besondere Talente aufmerksam, um sie bereinst
als Professoren zu verwenden. Sehr oft kam er in die Se=
minarien, um sich von der praktischen Fort= und Ausbildung
der Zöglinge zu überzeugen, sie zu fleißigem Studium, zu
Sittenreinheit und Berufseifer zu entflammen. Er redete da
wie ein gütiger, sorgsamer Vater zu ihnen, gab immer treff=
liche Lehren und hielt öfters Geistesübungen mit ihnen zugleich.
Die älteren Seminaristen mußten an Sonn= und Festtagen

vor ihm in seiner Hofkirche predigen, und er ließ ihnen sein
Urtheil darüber durch ihre Vorsteher bekannt geben, oder sie
zu sich rufen, um sie über die Punkte, die er geändert oder
verbessert wünschte, zu belehren. Am Tage ihrer Weihe zu
Priestern ließ er sie zu sich gemeinschaftlich kommen, erforschte
jeden besonders, welche Fragen ihm beim Skrutinium vorge=
legt worden, erkundigte sich um ihre besonderen Verhältnisse
und Umstände, und gab ihnen zusammen mit Thränen im
Auge heilsame Ermahnungen, der hohen Würde und Wichtig=
keit ihres Standes stets eingedenk zu sein, und ihrem Berufe
gemäß gewissenhaft zu wirken und erbaulich zu wandeln. Er
wiederholte ihnen hier, was er bei vielen Gelegenheiten im
Seminar gesagt, daß sie besonders einer populären und frucht=
bringenden Kanzelberedsamkeit sich befleißigen sollten. Um
aber auch den Geist der schon in der Seelsorge angestellten
Priester in Thätigkeit zu erhalten, ließ er nicht nur Pfarrer
und Kapläne zu sich rufen, um mit ihnen sich zu besprechen,
sondern jeder anzustellende Pfarrer mußte nach erhaltenem
Decrete und abgelegtem gewöhnlichen Examen persönlich bei
ihm erscheinen, um sie alle in Person kennen zu lernen. Er
entließ sie nach väterlicher Zusprache gewöhnlich mit Ertheilung
seines Segens. Bei solchen Besuchen sprach er Trost zu und
suchte aufzumuntern, wenn sie lange auf eine Anstellung als
Pfarrer hatten warten müssen. Er verordnete auch in dieser
Beziehung, daß von den Patronats=Herren, welche auf die
meisten Pfarreien zu präsentiren hatten und nur zu oft auf ein=
gelangte Empfehlungen und Bekanntschaften ihre Präsentatio=
nen ausstellten, wodurch manche, sonst tüchtige und ordentliche
Geistliche, die keine Protektion hatten, 16 und noch mehrere
Jahre Kapläne bleiben mußten, für die Folge nur solche
Priester zu präsentiren, die schon 6 Jahre in der Seelsorge
gearbeitet haben.

Franz Ludwig beließ es aber zur Heranbildung eines
tüchtigen, wirksamen Klerus nicht allein bei Verordnungen,
Mahnungen und Aufmunterungen; er glaubte, daß er auch

durch sein Beispiel hierfür wirken müsse. Er wollte seinen
Klerus nicht allein arbeiten lassen, und ruhig zusehen, son=
dern selbst mitarbeiten. Er verrichtete deßhalb nicht allein die
bischöflichen Funktionen nach Vorschrift und mit Eifer und
Erbauung, er that auch Dienste, welche die Seelsorger zu ver=
richten haben, um diesen zum Muster auch in der Ausübung
zu sein und die Erbauung des Volkes zu fördern. In den
Kathedralen zu Bamberg und Würzburg bestieg er oft die
Kanzel und ließ von da aus seine oberhirtliche Stimme ver=
nehmen. Mit welcher Wärme er da seinem Volke die Reli=
gion und ihre Anwendung ans Herz legte, kann man sich
denken, wenn man seinen für das Wohl desselben bekannten
glühenden Eifer in Betracht zieht. Seine Predigten beschränk=
ten sich nicht auf seine Hauptkirchen; er trug sein begeistern=
des Wort auch auf dem Lande vor, damit die ganze ihm an=
vertraute Heerde, alle seine Unterthanen, Geistliche und Laien,
seine Stimme hörten. Er wollte seine Heerde genau kennen
lernen, und sie im wahren Sinn als Aufseher führen und wei=
den zu können; er wollte die allseitigen Bedürfnisse seines
Volkes erforschen und sich überzeugen, ob und wie die zur
Befriedigung derselben getroffenen Verordnungen befolgt wor=
den, oder welche neue Verfügungen deßhalb erforderlich seien;
deßhalb begab er sich, weder Zeit noch Mühe, noch Anstreng=
ung sparend, in die entlegensten Städte und Dörfer seines
Gebietes auf Visitationen. Um überall zu predigen, war er
oft gezwungen, die erst in später Nacht koncipirte Predigt, am
Morgen zu Pferde sitzend, auf dem Wege einzustudiren. Bei
diesen Visitationen der Pfarreien, wo er Alles mit eignen Au=
gen sah, und allenfallsige Klagen, Beschwerden und Wünsche
bereitwillig anhörte, bot sich vielfach Gelegenheit dar, Uebel=
stände sogleich zu beseitigen, Mißbräuche abzuschaffen, geeig=
nete neue Anordnungen zu treffen und Mildthätigkeit zu üben.
Ueberall besuchte er auch die Schulen und prüfte die Jugend.

Bei Allem, was Franz Ludwig für Unterricht im Allge=
meinen und für Heranbildung eines würdigen Beamten= und

Priesterstandes im Besondern that, hatte er nur ein Ziel im
Auge. Er lebte in der Zeit der sogenannten Aufklärung; er
wollte sein Volk auch durch Unterricht aufklären, aber ihm nur
die rechte Aufklärung und durch den Einfluß der Religion
die echte Religiösität beibringen, beides — um dasselbe glücklich
zu machen. Jeder seiner Unterthanen sollte Gelegenheit haben, sich soviele Kenntnisse und Geistesbildung, oder soviel
mechanische Fertigkeit anzueignen, als ihm nach seinem Stande
oder Amte oder nach seiner Lage zur Erfüllung seiner Pflichten und zur Sicherung seines Unterhaltes nöthig oder nützlich wäre. Jeder sollte aber, durch Unterricht belehrt, auch
wissen, daß auf Erden nicht Alle gleich sein können, daß es
immer Arme und Reiche geben werde, daß immer Befehlende
und Gehorchende da sein müssen; daß jeder, sowie er an allen
öffentlichen Gütern Antheil zu haben sich berechtigt glaubt,
auch die Pflicht hat, nach Stand und Amt zum öffentlichen
Wohle beizutragen.

Inniger, lebendiger Glaube, der in werkthätiger Liebe, in
Sittenreinheit und Pflichttreue sich kund gibt, war ihm das
Wesen echter Religiösität. Zu solcher Religiösität forderte er
in seinen mündlichen und schriftlichen Vorträgen auf. Er
warnte vor der damals herrschenden Zeitrichtung durch
ein Rescript an die geistliche Regierung, in welcher er aus-
führlich sagte, wie man vor einiger Zeit vor lauter Religiosität
(Glaubenslehre) sich um Sittlichkeit (Sittenlehre) sich gar wenig bekümmert habe, jetzt aber, da man nichts als von Sittlichkeit rede, der Religion (des Glaubens) beinahe ganz ver-
gesse; daß er aber von keinem Menschen sich aus der rechten
Mittelstraße verdrängen lassen werde.

Was Franz Ludwig in Bezug auf Religiosität von Andern forderte, das stellte er in seinem Thun und Wandeln als
lebendes Vorbild dar. Sein ganzes Tagwerk war Ausübung
der Religion. In frühester Morgenstunde stand er nach kurz
genossener Ruhe auf und fing den Tag mit Beten, Mediti-
ren und Lesen der heiligen Schrift an, um so vorbereitet, so

lange es seine Gesundheit erlaubte, täglich die heil. Messe zu lesen oder zu hören; dann ging er, dadurch immer wieder mit frischem Muthe, mit Licht und Stärke ausgerüstet, an seine Amtsarbeiten, um so viel als möglich mit der größten Genauigkeit und Gewissenhaftigkeit davon zu erledigen. Mit welcher Erbauung er dem öffentlichen Gottesdienste beiwohnte, mit welcher Ergriffenheit und Andacht er solchen selbst verrichtete und die heil. Messe las; von welcher Reinheit sein Sinn und Wandel war, und welch' durchaus fleckenlose Jugend er sich bewahrt hatte; wie er endlich jede Gelegenheit ergriff, Wohlthaten zu spenden, darüber legen seine Zeitgenossen, und unter diesen auch protestantische Schriftsteller, ein unverdächtiges Zeugniß ab.

Um solche Religiosität, wie er sie verstand, unter allen Ständen anzuregen und zu fördern, hatte er gleich beim Antritte seines Hirtenamtes einen Hirtenbrief an die gesammte Geistlichkeit der beiden Bisthümer erlassen, worin er nicht nur dem Seelsorger-Klerus, sondern auch den Stifts- und Klostergeistlichen ihre wichtigen Berufspflichten der Lehre, der Sorge für die ihnen anvertrauten Seelen und der Erbauung durch einen entsprechenden Wandel mit warmen Worten ans Herz legte. Er war unablässig darauf bedacht, daß überall die nöthigen Seelsorger, tüchtige Prediger und Katecheten aufgestellt, daß überall Gottesdienste in genügender Anzahl und entsprechender Feier abgehalten wurden. Für die Dienstboten wurde, wo immer möglich, ein Gottesdienst in früher Morgenstunde mit Predigt angeordnet. Zudem hatte er für Einführung zweckmäßiger Gebet- und Gesangbücher den Befehl gegeben. Auch den Sträflingen wandte Franz Ludwig seine väterliche Sorgfalt zu, durch genaue Ueberwachung derselben bezüglich ihres Betragens und durch Unterricht. Er hielt es zweckmäßig, die Arbeitshäuser von den Zuchthäusern zu trennen. Durch die Religion sollte auf die Gefangenen, welcher Categorie sie immer waren, zu ihrem Troste, zu ihrer Beleh-

rung, zu ihrer Besserung und Verwahrung gegen Rückfall
eingewirkt werden.

So war denn für alle geistige Bedürfnisse trefflich ge=
sorgt, und trug diese Sorgfalt auch gute Früchte. Während
in andern Ländern, besonders in Frankreich, die Verachtung
der Religion mit dem Verfalle der Sittlichkeit gleichen Schritt
hielt, und zuletzt zum Umsturze aller Ordnung, und zur blu=
tigsten Tyrannei führte, stand in den Ländern des weisen Fürst=
bischofs Franz Ludwig die Religion in hoher Achtung, herrschte
allwärts noch Zucht und Ordnung, war das Volk zufrieden
und fühlte sich in Liebe zu seinem Regenten glücklich. Dieser
hatte aber auch nicht versäumt, Alles zu thun, was zur Be=
friedigung der leiblichen Bedürfnisse des Volkes beitragen
konnte; dieß bewiesen seine vielfachen Anordnungen zur
Hebung des Wohlstandes.

Zielten schon die Einrichtungen der Industrie=Schulen da=
hin, um Armen mehr Erwerbsquellen zu verschaffen; die An=
legung von Industrie=Gärten, um den Obstbau zu vermehren,
zu verbessern und einträglicher zu machen; die Errichtung von
Zeichnungsschulen für Handwerks=Lehrlinge und Gesellen, um
den Gewerbsfleiß anzuspornen und die Gewerbe zu heben;
so kamen noch besonders dazu die Urbarmachung öder Plätze,
die Vermehrung und Verbesserung der Viehzucht, die Hebung
des Ackerbaues im Allgemeinen und des Hopfenbaues im Be=
sondern durch Erleichterung der auf den Grundstücken lasten=
den Abgaben, durch Beschränkung der Jagd und der damit
verbundenen Mißbräuche und Wildschäden, endlich die An=
legung und Verbesserung der Straßen und anderer Commu=
nications=Wege und die Erweiterung des Handels.

Um die Finanzen ohne Erhöhung der Steuern zu bessern,
wurde das Militärwesen vereinfacht, und in allen Zweigen
der Verwaltung weise Sparsamkeit eingeführt. Franz Ludwig
fing hierbei bei sich selbst an. Selbst ein Freund der Spar=
samkeit in der Absicht, mit dem Ersparten Gutes und Nütz=
liches zu wirken, versagte er sich alle kostspieligen Vergnügen,

wie solche die der Jagd, des Theaters u. dgl. waren. Nur
wenn es die Ehre des Landes erforderte, zeigte er, wie dieß
beim 300jährigen Jubiläum der Universität Würzburg, dann
bei einigen Besuchen des Kaisers oder anderer hochfürstl. Per=
sonen der Fall war, reichen, fürstlichen Glanz.

Bei Erhebung der öffentlichen Abgaben, beobachtete der
Fürst stets das richtige Verhältniß mit den Bedürfnissen des
Staates und überschritt diese Gränze nie willführlich. Seine
Oeconomie bezüglich des öffentlichen Schatzes war außeror=
dentlich, während er mit seinem eigenen Vermögen auf die
liebevollste aber auch wohlberechnete Weise schaltete und wal=
tete. Er tilgte die wenigen vorhandenen Schulden des Lan=
des. War Ueberfluß in den Kassen, so ließ er einen Theil
der öffentlichen Abgaben zeitweise nach. Um jeder Getreide=
Uebertheuerung vorzubeugen und anderer Seits aber die schäd=
liche Fruchtsperre zu beseitigen, und freien Getreide=Handel ge=
statten zu können, errichtete er 1789 Kornmagazine, wozu
nicht nur der Bauer nach dem Verhältnisse seines Besitzstan=
des, sondern auch die Beamten und Pfarrer sowohl von den
Gütern, die sie als Besoldungstheile, als von denen, die sie
als Privateigenthum hatten, beitragen mußten.

Wie im Allgemeinen für die Staatskasse gespart wurde,
ist aus Folgendem ersichtlich. Unter der Regierung Franz
Ludwigs wurden 323,404 fl. fränk. von der Landes=Oberein=
nahme abgetragen und gleichwohl 300,000 fl. auf Neubauten
und Reparaturen in Obereinnahms=Gebäuden verwendet. Zu=
dem wurden an alten Passiven 78,487 fl. abgezahlt, und für
239,652 fl. liegende Güter zu den fürstlichen Domainen an=
gekauft. Mehr als 400,000 fl. wurden für die Kurbrunnen
und Salinen Boklet und Kissingen, für neue Amthäuser,
Fruchtböden und für das neue Seminar in Würzburg ver=
wendet. An Unterstützungen theils an Geld, theils an Ge=
treide und anderen Naturalien, wurden 3—400,000 fl. ver=
ausgabt, und doch blieb beim Tode des Fürsten noch ein

Frucht= und Wein=Vorrath bei der Hofkammer im Werthe von 609,451 fl. übrig.

Große Domainen, besonders bisherige Schafsweiden, wurden gegen Fruchtgülten an die Gemeinden als Vererb=ungen gegeben. Dadurch, und durch den eingeführten Kar=toffelbau, wurde die Viehzucht so gehoben, daß kein fremdes Vieh mehr eingeführt zu werden brauchte. So sehr der Fürst der Naturalienwirthschaft zuneigte, so verbot er doch allen Beamten eigenen Güterpacht und Gewerbsbetrieb in ihren Bezirken, und verpachtete auch die bischöfl. Domainen, Höfe, Schäfereien, Bierbrauereien nur an Bauern und Bürger.

Für die Staatskasse hatte auch das Lotto eine beträcht=liche Summe jährlich abgeworfen. Franz Ludwig hob aber dieses für das Volk, besonders für die ärmeren Klassen sehr verderbliche Spiel, das seinen Grundsätzen ganz entgegen war, alsbald auf, suchte jedoch die Bediensteten durch Pensionen in ihrem ferneren Lebensunterhalte sicher zu stellen.

Mit dem Streben, den Wohlstand zu fördern, steht in Verbindung die Sorge für diejenigen, denen der nöthige Nah=rungsstand und die geeigneten Erwerbsmittel abgingen, d. i. die Sorge für die Armen.

Für einen vom wahren Christenthume so durchdrungenen, für das Menschenwohl so liebreich wirkenden Fürsten mußte die Sorge für die Armen eine Hauptangelegenheit sein. Er war ihnen ein wahrer Vater, der, wie über ihre geistige, so über ihre leibliche Wohlfahrt wachte; auch sie sollten in eine Lage versetzt werden, daß ihr Loos erträglich wäre, daß sie zufrieden sein könnten. In den Nothjahren rechnete Franz Ludwig zu den Armen auch die niedrig gestellten Beamten, Handwerker und Bürger des Mittelstandes. Für diese im All=gemeinen öffnete er in solchen Jahren bereitwilligst seine Korn=kammern, und bot zu Nutz und Frommen derselben oft Jahre lang das nothwendigste der Lebensmittel, das Brod um geringen Preis, wodurch zugleich dem Getreide=Wucher vorge=beugt wurde. Als er nach einem solchen Nothjahre von Würz=

burg nach Bamberg kam, und ihm die Bürgerschaft für das wohl=
feile Brod in feierlicher Weise dankte, sprach er in seiner Demuth
die denkwürdigen Worte: „ich habe nur meine Pflicht
erfüllt; ich weiß nur zu wohl, daß ich der erste Die=
ner und Bürger des Staates bin." Ein gleiches wie
für Brod, that er für Beischaffung des nöthigen Brennholzes. Um
die Besorgnisse vor Holzmangel, welcher bisweilen in selbstsüchti=
ger, betrügerischer Absicht vorgegeben wurde, faktisch zu widerle=
gen, ließ er bedeutende Vorräthe von seinen Forsten aufhäu=
fen und gab das Brennholz dann zu niedrigen Preisen ab.
Bei den häufigen Truppen=Durchzügen errichtete er eine be=
sondere Unterstützungskasse für minder bemittelte Bürger.

Für Arme hielt Franz Ludwig nur diejenigen, welche
gar nichts besitzen, und nichts zu verdienen vermögen. „Nie=
mand der noch arbeiten kann, hieß sein Grundsatz, darf müßig
ernährt werden; es muß jeder ohne Ausnahme soviel ver=
dienen, als ihm nach seinen Kräften möglich ist, und nur
das zu seinem Lebens=Unterhalte Fehlende ist aus den anfal=
lenden Almosen zuzulegen. Die des Alters oder Gebrechlich=
keit halber zur Arbeit unfähigen Armen sollen in Anstalten
untergebracht werden und den nöthigen Unterhalt bekommen,
denen aber, die noch arbeiten können, Arbeit angewiesen wer=
den. Aller Bettel soll nach unserem ernsten Willen und Be=
fehl aufhören. Bettler und Müßiggänger, die eigentlich gar
nicht zu den Armen gehören, müssen strenge von Unterstützung
ausgeschlossen und zum Fleiße und zur Arbeit, nöthigen
Falls mit angemessenen Zwangsmitteln, angehalten werden."
Dadurch sollte Arbeitsscheu und Müssiggang, dieser Ursprung
so vieler Laster beseitigt, und durch Aufhebung der Lotterie und
durch Verbote des übermäßigen Luxus und der Hazardspiele
die Quellen der Armuth verstopft werden.

Um diese seine Grundsätze durchzuführen und in das
Armenwesen die erwünschte Ordnung zu bringen, ließ er in
jeder Gemeinde eine Armenkommission errichten, welche aus
dem Bürgermeister und einigen Rathsherren bestehen und sich

monatlich verſammeln ſollte, wo auch der Ortspfarrer und der
Bezirksbeamte möglichſt oft beizuwohnen hätten. Dieſe Kom=
miſſion hatte jährlich ein Verzeichniß der Orts=Armen anzu=
fertigen, worin deren geiſtige und leibliche Lage zu ſchildern
war. Bei Abfaſſung dieſer Verzeichniſſe dürfe kein ſchwach=
müthiges Mitleid vorherrſchen, und ſolle ſolchen angeblichen Ar=
men, die viel die Kirche beſuchen, ſonſt aber dem Müſſiggang
ergeben ſeien, jenes nicht zum Verdienſte angerechnet werden.
Die Mittel zur Unterſtützung der Armen wurden theils aus
den Ortsſtiftungen, theils aus dem geſammelten Almoſen ent=
nommen.

Die Würzburger und Bamberger Armen=Anſtalten und
Armen=Geſetze wurden damals als ſo gut und zweckmäßig be=
funden, daß ſie zur Grundlage für die Armenpolizei im gan=
zen fränkiſchen Kreiſe des Reichs genommen wurden. Es
wurde hier wie dort der Grundſatz feſtgehalten, daß jedes Land
und jeder Ort in demſelben ſeine Arme zu verſorgen habe;
daß durchaus kein Bettel gebuldet werden dürfe, und jeder
Arbeitsfähige, ſo weit nöthig, zur Erwerbung ſeines Unter=
haltes anzuhalten ſei. Fremde Bettler wurden in ihre Hei=
math geſchafft. Handwerksburſchen war das ſogenannte Fech=
ten verboten, aber es wurden denſelben aus den Armen= und
Gemeinden=Kaſſen ein entſprechender Zehrpfennig verabreicht.
Als Franz Ludwig gewahrte, daß ſeine gegebenen Verordnun=
gen über das Armenweſen doch nicht immer, und beſonders
auf dem Lande, überall genau eingehalten wurden, ließ er
im Jahre 1791 eine, Manches näher beſtimmende Inſtruktion
bezüglich der Armenpolizei auf dem Lande ergehen. Den Pfar=
rern wurde anbefohlen, jeder Armencommiſſions=Sitzung an=
zuwohnen; auch die Beamten, Aerzte, Baber ſollten beigezo=
gen werden, wenn es ſich um angebliche Untüchtigkeit zur
Arbeit handelte. Bei alten Leuten, die ihr Leben unter ſteter
Arbeit und in andern Mühſeligkeiten zugebracht haben, ſollten
die feſtgeſetzten Regeln nicht ſo ſtrenge angewendet, ſondern,
da dieſe Troſt verdienten, die Wohlthätigkeit mehr als ſonſt

erweitert, dagegen bei Leuten, die dem Müſſiggang und dem Wohlleben ergeben waren, die Unterſtützung auf das Noth=wendigſte beſchränkt werden.

Den Seelſorgern wurden auch über ihre Pflichten in Beziehung auf die zeitliche Wohlfart ihrer Parochianen, ins=beſondere der Armen Preisaufgaben geſtellt, und ihnen ein=geſchärft, den Gemeinden den wahren Geiſt der Verordnungen über das Armenweſen begreiflich zu machen und ſie genau in den dießfalls gegebenen Vorſchriften zu unterrichten. Die Ar=men-Kommiſſionen ſollten es ſich aber auch zur Aufgabe ma=chen, überall die Quellen der Armuth aufzuſuchen, und nach Kräften zu verſtopfen. Dem Arbeitsmangel für arme Gewer=betreibenden dahier ſuchte Franz Ludwig dadurch abzuhelfen, daß er aus dem Strafarbeitshauſe, wo er auf ſeine eigene Koſten 1280 neue vervollkommnete Spinnräder mit doppelten Spulen hatte anfertigen laſſen, die Wolle zum Einkaufspreis abließ und erſt dann die Zahlung derſelben verlangte, wenn die Gewerbleute ihre daraus gefertigten Zeuge und Stoffe ab=geſetzt hatten. Arme Kinder und Erwachſene wurden in ei=ner eigens dazu eingerichteten Spinnſtube im Baumwollen=ſpinnen unterrichtet. Dieſe Spinnſtube wurde ſehr ſtark be=ſucht; die da Austretenden vermochten nun ihren Unterhalt zu gewinnen, und trugen das Erlernte auf viele Andere über. Wie hier im Beſondern ſuchte Franz Ludwig überall im Großen und Allgemeinen die auch aufzumuntern, die mit der Leitung der Armenanſtalten oder der Ueberwachung des Armenweſens betraut waren. Häufig wohnte er zu dieſem Zwecke den Armen-Oberkommiſſions-Sitzungen ſelbſt bei, und ſtand, da er hier aus den vom ganzen Lande zuſammenfließen=den Berichten den Stand der Armuth kennen lernte, mit Rath und That bei. Wie viele verſchämte Hausarme, wenn ſie ihm bekannt worden, er aus eigener Börſe unterſtützte, und wie viele Thränen er im Stillen trocknete, läßt ſich nicht ermeſſen; wir können es, wie aus ſeinem liebevollen Herzen, ſo aus ſeinem Teſtamente nur erſchließen, wo es heißt: „ich

habe keine Schätze gesammelt; was ich von meinen Besitzthü=
mern bezog, habe ich größtentheils schon an Arme ausgetheilt
oder zu nützlichen Anstalten verwendet." Von der Wirksam=
keit seiner Einrichtungen sagt Leibes: „Seine Armenanstalt
erstreckte sich über das ganze Land und nimmt den Hungern=
den dort an der Gränze und hier in der Nähe, den Bettler
auf der Straße, und den geschämigen Armen in ihren Schooß
auf. Durch sie wurde das Unglück von dem Verbrechen, die
wahre Armuth von der verstellten unterschieden, das Land von
Müssiggängern gereinigt, die Tugend gegen die mit der Bet=
telei verbundenen Gefahren gesichert. Durch diese Anstalt
kam das Almosen denen zu Gute, denen es gehörte, den Al=
ten und Schwachen, den Wittwen und Waisen, den Lahmen
und Krüppelschaften; und die Beschämung, welche das Ehr=
gefühl erstickt und die so mächtige Schutzwehr gegen rohe
Verbrechen niederreißt, fiel hinweg."

Zu den Aermsten und Hilfsbedürftigsten gehören gewiß
die Kranken, welche nicht aus eigenen Mitteln ihren
Unterhalt und ihre Heilung bestreiten können, besonders die
der dienenden Klasse, der Lehrlinge und der Handwerksgesellen;
ihnen wendete Franz Ludwig die liebreichste Pflege und Sorg=
falt zu. Mit einem gefühlvollen, an allem menschlichen Un=
glücke theilnehmenden Herzen ausgestattet und durch eigene
Kränklichkeit die Leiden und Schmerzen der Kranken kennend,
machte er es sich zu seiner besonderen Aufgabe, für dieselben
eigene, wohleingerichtete Anstalten zu schaffen. In Würzburg
hatte er schon das berühmte, treffliche Julius Hospital durch
Erweiterungen der Bäulichkeiten zweckmäßiger eingerichtet und
mit dem Institute für kranke Handwerksgesellen, Lehrlinge und
Handelscommis von jeder Confession vermehrt. Andere Heil=
anstalten, welche errichtet und verbessert wurden, waren das
Bad Bocklet, welches Franz Ludwig jetzt öfters auf den Rath
seines Leibarztes gebrauchte und besonders begünstigte, dann
Kissingen. Die Hauptanstalt aber, die er selbst ganz neu in's
Leben rief, der er mit besonderen Vorliebe zugethan war, und

die wie für ihn ein dauerndes Denkmal, so für die Stadt Bamberg eine immerwährende Wohlthat und Zierde bleibt, ist das hiesige a l l g e m e i n e K r a n k e n h a u s.

Schon bei den Verbesserungen der vorbenannten Heilanstalten hatte sich der Fürst des Rathes seines, durch ihn und mit ihm so berühmt gewordenen Leibarztes Dr. Markus *)

---

*) Adalbert Friedrich Markus, geboren d. 21. Nov. 1753 zu Arolsen im Fürstenthume Waldeck, wo seine Eltern jüdische Handelsleute waren, kam nachdem er sich zu Göttingen und dann zu Würzburg durch ausgezeichnete Studien einen reichen Schatz von Kenntnissen gesammelt hatte, schon unter dem Fürstbischof Adam Friedrich 1778 nach Bamberg, wohin ihm der Ruf seiner Talente, seiner Tüchtigkeit als theoret. und praktischer Arzt, und seiner feinen Bildung vorausgegangen war. Wie er bereits die Gunst Adam Friedrichs besaß, so erwarb er sich in Bamberg bald allgemeine Achtung und eine sehr ausgebreitete Praxis. Auch Franz Ludwig hatte sich, da er als k. k. Concommissarius nach Bamberg gekommen war, bei einer Unpäßlichkeit des Rathes des jungen strebsamen Arztes mit Erfolg bedient und sich gefreut, ihn persönlich kennen zu lernen. Als darauf Franz Ludwig 1779 zum Fürstbischof gewählt worden, beobachtete er zuerst dessen eifriges, umsichtiges Wirken als Arzt und überzeugte sich sehr bald von seinen großen Fortschritten in der Medicin vor den übrigen älteren Aerzten. Markus wurde zu der Berathungen der fürstlichen Leibärzte gezogen, als deren Mittel zur Hebung der bei dem Fürstbischofe sich einstellenden Unterleibsleiden sich nicht ausreichend zeigten, und seinen Ordinationen nur gelang es, die Gesundheit des Fürsten bis auf eine habituell gewordene Hypochondrie wieder herzustellen. Er wurde darauf, erst 28. Jahre alt, zum Leibärzte des Fürstbischofs ernannt. Als solcher trat Markus zum katholischen Christenthum über, und wurde am 17. März 1781 vom Fürstbischof Franz Ludwig selbst mit der größten Feierlichkeit getauft. Nach Vollendung des ganz nach seinem Plane eingerichteten Krankenhauses zu Bamberg ward er dirigirender Arz desselben, und ist die weithin berühmt gewordene Zweckmäßigkeit und Wirksamkeit dieser Anstalt sein Werk. Später im Jahre 1794, wurde er von Franz Ludwig, — welchem Markus wegen der genauen Kenntniß seiner Körperconstitution gleichsam unentbehrlich wurde, und den er deßhalb auch immer bei seinen Be-

bedient, auch bei der Gründung des hiesigen Krankenhauses war es dieser und vorzüglich dieser, der ihm bei der Ausfüh= rung der gefaßten Idee die wesentlichsten Dienste leistete. Auf diese Idee aber, worin ihn der Eifer und die Zusprache von Dr. Markus lebhaft bestärkte, wurde Franz Ludwig, wie Dr. Pfeufer in seiner Geschichte des allgemeinen Krankenhauses sagt, durch den in Bamberg bestehenden Mangel einer zweck= mäßigen Kranken=Heilanstalt gebracht. So oft er seit seinem Regierungs=Antritte nach Bamberg kam und da residirte, be= suchte er den sogenannten Siechhof am äußersten Ende der Stadt, die einzige damals bestehende Krankenanstalt. Sein scharfer Blick und der Vergleich mit den damaligen solchen Anstalten in Würzburg ließen den sorgsamen Fürsten die Man= gelhaftigkeit dieser Anstalt alsbald erkennen, und sein Vorsatz stand fest, möglichst bald eine zweckmäßige Kranken=Heilanstalt ähnlich dem Julius Spital in Würzburg, in Bamberg zu er= richten. Hatte Franz Ludwig an Markus einen vollkommen

suchen der fränkischen Bäder von Brückenau, Kissingen und Bocklet mit sich nahm, auch zum Würzburgischen Hofrathe u. Hofmedicus ernannt. Nach Franz Ludwigs Tod setzte Markus nicht nur seine rege Thätigkeit zur Hebung des Krankenhauses und sein allge= meines Bestreben zum Besten der leidenden Menschheit außerhalb desselben fort, sondern es wurde ihm auch Gelegenheit hierfür andere Anstalten zu gründen, und auf das ganze Medicinalwesen der fränkischen Lande bestens einzuwirken. Im Jahre 1803 von dem Churfürsten und nachmaligen Könige von Bayern Maximilian Joseph zum Direktor aller Medicinal=Anstalten in Franken er= nannt, trug er alsbald auf Errichtung des, mit dem Kran= kenhause verbundenen Entbindungshauses an, und richtete hierfür, als die Genehmigung erfolgte, 36 Betten dortselbst her; ebenso ist die Irrenanstalt bei St. Getreu in ihrer ersten Einrichtung sein Werk. 1804 errichtete er in Bamberg eine chirurgisch=medi= cinische Schule. Von 1808 an bekleidete er die Stelle eines Vorstandes des zu Bamberg neu constituirten Medicinal=Comités, und wirkte hier mit gleichem Eifer, mit Umsicht und Erfolg bis zu seinem 1816 erfolgten Tode. Ueber sein Leben und Wirken schrieben Dr. Speyer, Jaeck in seinem Pantheon der Literaten u. Künstler Bambergs, 1814, und Dr. Markus, des Verlebten Sohn.

Sachverständigen zur Herstellung und inneren Einrichtung einer solchen Anstalt, so stand ihm anderer Seits ein tüchtiger Baumeister zur Ausführung der nöthigen Baulichkeiten zu Diensten; es war dies Laurenz Fink *). Schon Adam Friedrich hatte ihn als einen talentvollen, tüchtigen Architekten kennen gelernt und ihn zur Entwerfung der Grundrisse verschiedener fürstlicher u. herrschaftlicher Gebäude ausgewählt u. mit der obersten Leitung bei Ausführung derselben betraut. Dieses Vertrauen zu Fink ging auch auf Franz Ludwig über. Derselbe machte ihn mit seinem Vorhaben, eine neue Krankenanstalt zu errichten, bekannt und beauftragte denselben, noch einmal die Rheingegenden, besonders zum Behufe der An- und Einsicht solcher Anstalten zu bereisen. Gleich nach

---

*) Laurenz Fink, geb. zu Memmelsdorf bei Seehof 1754, wurde von seinem Vater vorerst in der Maurer- und Steinhauer-Profession unterrichtet, erwarb sich aber dann im Zeichnen und in praktischen Arbeiten eine höhere Ausbildung in Würzburg. Die erste Probe seiner Kenntnisse legte er ab in der auf Kosten der Abtei Michaelsberg errichteten Pfarrkirche zu Etzelskirchen im J. 1769. Er hatte Reisen auf seine eigene Kosten nach Frankfurt, Mainz, Mannheim, Straßburg, Metz, Nancy u. Paris gemacht, theils u. durch prakt. Arbeiten, theils durch Ansicht, dann durch Zeichnung und Nachbildung der schönsten Denkmäler der Baukunst, theils durch Umgang mit großen Baumeistern, seine Kenntnisse erweitert. Im J. 1769 wurde ihm ganz unvermuthet die Stelle eines churfürstl. Baumeisters in Erfurt angetragen. Fürstbischof Adam Friedrich, der ihn schon früher vortheilhaft kennen gelernt hatte, eröffnete indeß dem jungen Künstler eine angemessene Laufbahn und derselbe blieb also in Bamberg. Wie ihn Franz Ludwig benützte, wurde oben gesagt. Fink hat von 1769 bis 1806 ganz allein die Aufsicht und Leitung aller Staatsgebäude, und ebenso alle bedeutende Bauten von Privaten mit dem größten Ruhm besorgt. Er starb 1817 zu Bamberg. Sein Vermögen mit allen seinen Zeichnungen fiel den Familien Wurzer (Bildhauer) und Mahler (Zimmermann) zu. Von den Zeichnungen wurde ein großer Theil dem histor. Vereine in Bamberg geschenkt, der sie in der Matern aufbewahrt. (Jaeck, Hellers und v. Reibers Leben und Wirken der Künstler Bambergs, Erlangen 1821.)

seiner Rückkunft wurde der schon auf der Reise ausgedachte
Bauplan angefertigt und der Prüfung des Würzburg'schen
Hofkammerrathes und Baudirektors Geigel übergeben. Dem
beifälligen Gutachten desselben folgte alsbald auch die Geneh=
migung des Fürsten. Nachdem dieser nun sicher zu sein schien,
etwas Schönes und Zweckmäßiges ausführen zu können,
wurde rasch die Ausführung der bereisten Idee in Angriff
genommen. Als Bauplatz sah man den gräflich v. Stabion'schen
Garten, der mit zwei soliden Häusern versehen war, übrigens
ganz frei, ohne Umgebung von andern Gebäuden, eine sehr
schöne, gesunde Lage an dem linken Ufer der Rednitz*) hatte,
aus, und alsbald wurde derselbe um 10,000 fl. angekauft, welche
Summe der Fürst aus seiner Privat=Schatulle zahlte. Am
29. Mai 1787 wurde von Franz Ludwig selbst die Grund=
steinlegung zu dem aufzuführenden Gebäude unter großen
Feierlichkeiten vorgenommen. Alle, der Fürst und Bauherr,
wie die Baumeister und Bauleute, wirkten freudigst zur För=
derung des Baues zusammen, und so konnte das Kranken=
haus, über dessen schnelle und musterhafte Ausführung der
Fürst sich sehr freute, schon am 11. Nov. 1789 eröffnet wer=
den. Franz Ludwig weihte es selbst ein unter allgemeiner
Theilnahme und lebhaftem Jubel der Bevölkerung. Nach ei=
nem feierlichen Gottesdienste mit Predigt, Hochamt und Te
deum in der obern Pfarr zu U. L. Fr., wozu der Fürst von
dem Stadtmagistrate eingeladen worden war, begab sich derselbe
mit seinem ganzen Hofstaate und allen Militär= und Civilbehör=
den mitten durch die von der Bürgermiliz und der jubelnden Bewoh=
ner der Stadt und der Umgegend gebildeten dichten Reihen in das
Krankenhaus. In einem der oberen großen Säale dankte der dama=
lige StadtConsulent Schlehlein dem Fürsten für das herrliche Ge=
schenk, welches er durch die Uebergabe des neuen, auf unbenkliche
Zeiten zum Nutzen der leidenden Menschheit eingerichteten Heil=
anstalt der Stadt machte, Namens der Bürgerschaft in ange=
messener Rede. Darauf antwortete der fürstliche Schankgeber,

*) Nach neuen Geschichtsforschungen der richtige Name statt Regnitz.

Franz Ludwig, mit bewegter Stimme: „er sei zwar nicht ge=
faßt, auf eine so zierliche und schöne Rede so zu antworten
wie er wünsche; doch wolle er darauf nur soviel zu erkennen
geben, daß von der ersten Stunde an, wo er zur Regierung
gekommen, er den Grundsatz genährt habe: **der Fürst sei
für das Volk und nicht das Volk für den Fürsten
da.** Sein ganzes Bestreben sei jedesmal dahin gegangen, sein
Volk so glücklich als möglich zu machen. Bei dem Antritte
seiner Regierung habe er sich auch ein System gemacht, solche
Einrichtungen und Anstalten zu treffen, die das Wohl seiner
Unterthanen befördern würden. Er müsse das öffentliche Ge=
ständniß machen, daß er, besonders durch seine öfters gestörte
Gesundheit behindert, nur wenige von seinen zum Wohle sei=
ner Unterthanen entworfenen Plänen ausgeführt habe. Friste
ihm Gott aber seine Tage noch länger und befestige seine
Gesundheit, so hoffe er das, was seiner Ueberzeugung nach
zum Wohle seiner lieben Unterthanen diene, zu Stande zu
bringen. „Sagen Sie", fuhr er dann fort, sich besonders an
den Stadt=Consulenten wendend, „meinen getreuen Bürgern,
daß ich mit großem Vergnügen vernommen, und heute selbst
gesehen habe, daß sie einen sehr warmen Antheil an der Er=
richtung dieser Häuser nehmen. Diese lebhafte Theilnahme
verräth einen sehr wohlgefälligen National=Charakter. Sagen
Sie meinen lieben Bürgern, (Thränen begleiteten diese Worte
und verursachten einen Augenblick ein feierliches Stillschwei=
gen), daß ich sie liebe und nie aufhören werde zu lieben" *).
Der herzliche Ton, in welcher der gute Fürst sprach, die große
Selbstverläugnung und ungekünstelte Rede erregten eine allge=
meine Rührung, und nie möchte wohl die Ueberzeugung, daß
ein solcher Fürst von Gott gesetzt sei, lebhafter gewesen sein.
Als Dr. Markus darauf eine Abhandlung über die Vorzüge
der Krankenhäuser las, in deren Eingang er einen Theil der

---

*) Nach Dr. Pfeufer's Geschichte des allgemeinen Krankenhauses in
Bamberg 1825.

Einrichtungen belobend erwähnte, die schon unter Franz Ludwigs Regierung zu Stande gekommen seien, sprach dieser über die Abhandlung seinen ganzen Beifall aus, und sagte mit eben soviel Wärme als Herablassung diese seinen Charakter bezeichnenden Worte: „Ich weiß, daß es Sitte ist, daß die Redner bei gewissen Gelegenheiten die Handlungen der Fürsten erheben. Ich mißbillige diesen Gebrauch gar nicht; denn sollten auch die Fürsten die guten Thaten nicht vollendet haben, wovon die Redner sprechen, so werden sie doch dadurch angefeuert und erinnert, ihre Kräfte anzuspornen, das Gute zu beginnen, wovon die Rede war." Hierauf begab sich der Fürst in die Sääle, die mit Kranken belegt waren und deren Zahl sich auf 24 belief. Er ging von Bett zu Bett, und unterhielt sich mit jedem Kranken, die mit aufgehobenen Händen ihm für die große Wohlthat dankten, und, da es eben Zeit war, den Kranken ihre Speisen zu reichen, vertheilte der Fürst solche mit eigenen Händen und trug sie an das Bett jedes Einzelnen, wobei ihm mancher Kranke, weil er erst seine Serviette aufbreiten wollte, die ziemlich heißen Schlüsseln lange halten ließ, was auch der gute Fürst geduldig mit lächelnder Miene aushielt. Unter den heißesten Segenswünschen für das Gedeihen der Anstalt, des Fürsten größte Lust und Freude, und für dessen Gesundheit und langes Leben wurde die Feier geschlossen. Von nun an beeiferten sich alle Einwohner, insbesondere das Domcapitel und geistliche Vicariat sowie die Bürgerschaft, dem unsterblichen Stifter durch thätige Theilnahme an dem Fortgange seines unternehmenden Werkes dankbar zu sein. Gaben an Leinwand, Bettzeug, an Getreide, Wein, Charpie u. s. f. wurden verabreicht. Dem Gewerbsstande insbesondere gebührt die Ehre, durch die billigsten Preise für Anfertigungen der inneren Einrichtung, der Utensilien u. dgl. dem edlen Zwecke des Fürsten entgegen zu kommen. Die Bürger Bambergs waren stolz auf ihr Krankenhaus, das in jedem polizeilichen und staatswirthſchaftlichen Werke, an jeder Univerſität und Lehranſtalt als ein Muſter angeprieſen wurde.

Der urſprüngliche Zweck, den ſich Franz Ludwig bei der Errichtung dieſer Anſtalt vorgeſteckt hatte, war die Be=ſorgung der armen Kranken. Markus hatte für die Auf=nahme von 120 Kranken in geſonderten Betten und Zim=mern, nach dem männlichen und weiblichen Geſchlechte, und nach den innerlichen und äußerlichen Krankheiten abgeſondert, Fürſorge getroffen. Es war alſo Raum geboten, nebſt den armen Kranken der Stadt, die ohne Entgelt im Falle der Erkrankung, der urſprünglichen Beſtimmung nach, Aufnahme fanden, auch andere Klaſſen der Bevölkerung an dieſer Wohl=that Antheil nehmen zu laſſen. Der Fürſt wurde von der Nothwendigkeit überzeugt, auch den Dienſtboten, Handwerks=geſellen und Lehrlingen, wenn ſie erkrankten, die Aufnahme in das Krankenhaus und darum gleiche Verpflegung mit den andern Kranken möglich zu machen, weßhalb ſchon im Jahre 1790 zwei eigene, von der Adminiſtration des Krankenhauſes unabhängige, unter eigener Verwaltung ſtehende Inſtitute, das der Dienſtboten und der Handwerks=Geſellen, wie ſie zur Zeit noch beſtehen, organiſirt wurden. Damit aber dieſe Wohl=thaten den Kranken immer verblieben, ſprach er es als ſei=nen ausdrücklichen Willen aus, daß nur heilbare Kranken auf=genommen und nach ihrer Heilung wieder entlaſſen, unheil=bare aber, die für ihr Leben da verbleiben würden, und wo=durch das Krankenhaus zu einer Pfründe=Anſtalt werden müßte, ausgeſchloſſen werden ſollen. Aus dem Gefühle des Mitleids war die ſchöne Idee Franz Ludwigs, den armen Kranken einen Zufluchtsort zu bereiten, hervorgegangen, daher er ohne allen andern Prunk, ohne Wappen und Namen, am Haupteingange des Gebäudes bloß die einfache Inſchrift: „der leidenden Menſchheit gewidmet" anbringen ließ.

Mit dem Hauptzwecke des neuerrichteten Krankenhauſes, der Krankenpflege, wurde noch ein Nebenzweck verbunden, nämlich die praktiſche Bildung von Aerzten und Chirurgen.

Markus hatte kaum das Bamberger Krankenhaus, das Mu=
ster für jedes solches in ganz Deutschland, zur Vollendung
gebracht, als schon aus weitester Entfernung viele hoffnungs=
volle junge Aerzte herbei eilten, um hier ihre Kenntnisse zu
erweitern. Selbst ergraute Aerzte wurden durch den Ruf der
trefflichen Einrichtung dieses Krankenhauses angetrieben, das=
selbe anzusehen und dessen Leiter kennen zu lernen. Viele
Jünglinge fühlten sich dadurch zum Studium der Medizin
hingezogen. Alles dieß begünstigte den Wunsch des dirigiren=
den Arztes Markus, bei zunehmendem Besuch und Aufblühen
des Krankenhauses in den Stand gesetzt zu sein, den jungen
Aerzten nicht allein am Krankenbette die nöthigen Anweisun=
gen zu geben, sondern auch klinische Vorlesungen zu halten.
Markus that Alles, was zur Ausführung und Vervollkomm=
nung seines Planes beitragen konnte, und bald gewann die
Anstalt und dessen Oberarzt so sehr im öffentlichen Rufe, daß
selbst die berühmtesten Aerzte Deutschlands, als Balbinger,
Richter, Strohmeyer, Soemmering, Laber c., demselben ihren
ungetheilten Beifall in Schriften und Vorlesungen zollten, und
ihre talentvollsten Zuhörer aufforderten, sich zur Vollendung
der ärztlichen Bildung nach Bamberg zu begeben. Welche an=
dere Aerzte in Uebereinstimmung mit Markus noch im Kran=
kenhause und an der Universität wirkten, nämlich der zweite
Arzt und Medicinalrath Dorn, die beiden Gotthard für äußer=
liche Krankheiten, Professor Sippel für Chemie und Physik,
dann Röschlaub, Döllinger, wurde schon oben angedeutet.

So stand denn die Schöpfung Franz Ludwigs nach so
kurzer Zeit zu seiner größten Freude im schönsten Flor da.
Es war dadurch für alle arme Kranke auf's Beste ge=
sorgt; aber auch nichtarme Kranke wurden auf Verlangen
gegen eine bestimmte tägliche Verpflegungssumme in den ge=
meinschaftlichen Säälen oder in eigenen Zimmern aufgenom=
men. Unheilbare und Geisteskranke (Irren) waren in den
übrigen Siech= und Armenhäusern zugleich mitunterhalten
worden. Es läßt sich annehmen, daß Franz Ludwig unter

den vielen Planen, die er nach eigener Aussage, noch auszuführen gedachte, wenn ihm der Herr ein längeres Leben schenke, auch den hatte, für unheilbare Kranken, die er im allgemeinen Krankenhause nicht zuließ, und für die Irren u. s. w. Sorge zu tragen, da sein in diesen Dingen ihm sehr werther Rathgeber Dr. Markus, sobald ihm durch den Regierungswechsel (Säcularisation, wodurch Bamberg an das Churfürstenthum Bayern kam) Genehmigung und Mittel gegeben wurden, jene Pläne gleichsam als Ergänzungen des allgemeinen Krankenhauses ausgeführt hat. So richtete er zum öffentlichen Unterricht der zu bildenden Hebammen und Accoucheurs, zur Zuflucht gefallener Frauenspersonen und Vermeidung von Kindermord eine Entbindungsanstalt mit 36 Betten für Hebammen und Wöchnerinnen her, wie es Franz Ludwig früher in Würzburg gethan. Ferner wurde von ihm in der vormaligen Kloster-Michelsbergischen Probstei St. Getreu (St. Fides,) die so herrlich gelegen ist, eine gesonderte Irrenanstalt errichtet und ganz zweckmäßig eingerichtet. Die Unheilbaren kamen in das ehemalige v. Auffees'sche Studenten-Seminar, wovon aus sie, als dieses seinem ursprünglichen Zwecke wieder zurückgegeben wurde, in das nunmehr für sie bestimmte Haus, den sogenannten Lorber'schen Hof versetzt wurden.

Wurde nach Franz Ludwigs Tode das Krankenspital Anfangs auch nicht in gleicher Weise wie unter ihm gepflegt, so gewann es doch durch die unzähligen Wohlthaten, womit er selbst dasselbe gleichsam überschüttet hatte, durch die beträchtlichen Kapitalzuschüsse der drei Geschwister des fürstlichen Stifters, durch die großen Vermächtnisse des frommen Domherrn von Horneck und durch die großen Unterstützungen vieler anderer Wohlthäter, sowie durch den nimmer ermüdenden Eifer seines Dirigenten Dr. Markus, eine so feste Grundlage, daß es fortblühte und Jahrhunderte fort unter dem Segen der Vorsehung Trost und Heilung der leidenden Menschheit spenden wird.

Wie Franz Ludwig nach dem, was wir bisher von ihm

gehört und betrachtet haben, im Innern seiner Ländergebiete aus allen Kräften auf das Wohl seiner Unterthanen ohne Unterlaß Bedacht nahm, und alle Mittel ergriff, dasselbe möglichst zu fördern, so war es auch sein Streben, sein Land mit einer gesunden Politik nach Außen möglichst sicher zu stellen, vor Verwickelungen zu bewahren und Unfälle, Krieg, Theilung, Mediatisirung abzuwenden. Franz Ludwig, der in seinen besten Jahren an der Reform des Reichsgerichtshofes zu Wetzlar und auf dem Reichstage zu Regensburg gearbeitet, hatte damit die rechte Vorschule der Geduld, der Kenntniß und Uebung in Handhabung verwickelter Verhältnisse, wie sie damals der so vielfach getheilte fränkische Kreis aufzuweisen hatte, durchgemacht. Die schwierige Stellung der Diplomaten wird vielen eine Gelegenheit, sich Verstellung anzueignen; für Franz Ludwig, der Offenheit und Wahrheit vor Allem liebte, wurde sie eine Schule der Selbstüberwindung. Die dadurch gewonnene Weisheit und Umsicht verschaffte ihm nicht nur bei seinen Kreisgenossen großen Einfluß; selbst Höfe, als der pfalzbayerische und würtembergische, erholten sich auch bei ihm Raths wegen der einzunehmenden Stellung zu Frankreich. Eine große Schwierigkeit, die zu verderblichen Verwickelungen führte, bestand darin, daß durch den westphälischen Friedens= schluß, der nur dem Auslande zum Vortheil gereichte, allen Fürsten, auch den kleinsten, weltlichen wie geistlichen, volle Souverainetät und Selbstständigkeit in äußern Verhältnissen und das Recht zukam, selbst mit den Reichsfeinden gegen das Reichsober= haupt Bündnisse zu schließen, welches auch die bedeutendsten Fürsten am Rhein und in Westphalen, gleichsam zum Beweise ihrer Souveränetät durch ein Bündniß mit Ludwig XIV. von Frankreich gegen den deutschen Kaiser in Ausübung brachten. Unsägliches Uebel kam dadurch über Deutschland; der Cha= rakter der Fürsten wurde gleichsam vergiftet, die deutsche Treue unter denselben schwand, und dieselben waren vaterlandsver= rätherischen Intriguen Preis gegeben. Bald entwickelte sich daraus bei den mächtigeren Fürsten, um sich theils selbst zu erhalten, theils für die Folge selbst zu kräftigen, das Gelüsten zur Einziehung der kleinern besonders der geistlichen Fürsten. Hatte der Kaiser des Reichs bisjetzt noch darauf gesehen, seine Interessen als Wahlherrscher, die geistlichen kathol. Wahlfürsten als Gegengewicht gegen die weltlichen erblichen Fürsten zu wahren, so erlitt unter Kaiser Joseph diese Politik eine Aenderung, indem dieser selbst solche Einziehungsgelüste in Bezug auf das geistliche Fürstenthum Passau hegte. Franz Ludwig war ganz gegen diese Politik. Die Integrität der Bisthümer in Deutschland, sagt der alte Wagner,*) lag ihm vorzüglich am Herzen. Als daher Kaiser Joseph, die Vortheile unterschätzend, welche seinem Hause das Vertrauen der geistlichen Fürsten langsam, umständlich aber sicher bot, verschiedene Eingriffe in den landesherrlichen Bestand des Bisthums Passau machte, schrieb Franz Ludwig, der den Kaiser Joseph sonst ehrte, über dessen Länderdurst übel gestimmt an ihn, „eine Armee könne er zwar nicht marschiren lassen, wenn aber von den Gewaltthätigkeiten nicht abgestanden werde, würde er darüber schreien, daß man es an den vier Enden der Welt hören sollte."

Als der König von Preußen Friedrich II. angeblich wegen allenfallsiger Unternehmungen des Kaisers Joseph gegen den Bestand des Reichs einen Fürstenbund zu errichten suchte, lud er auch Franz Ludwig ein, für Würzburg und Bamberg demselben beizutreten. Da aber die ihm mitgetheilten Bundesartikel nichts anders enthielten, als wozu ein jeder Reichsstand ohnehin schon verpflichtet war, so erklärte er, in der richtigen Erwägung, daß der ganze Plan entweder ein bloßes Schreckbild für den Kaiser sein solle, oder die Einleitung zu einer Theilung Deutschlands in ein preußisches und österreichisches bezwecke, daß er einen besonderen Bund, der angeblich keine andere Absicht als die Erhaltung der Integrität des Reiches habe, für überflüssig halten; er kenne genau seine

---

*) Er besorgte nach dem selbsteigenen Ermessen des Fürsten als Referendar die auswärtigen Verhältnisse bis 1790, in welchem Jahre der geistreiche 25jähr. Professor Seufert an seine Stelle kam.

Rechte sowohl als seine Verbindlichkeiten, die er als Reichs=
stand gegen Kaiser und Reich habe, und man könne sich
darauf verlassen, daß er in allen Fällen bereit sei, jene zu
behaupten und diese zu erfüllen." Auf weiteres ließ er sich
trotz alles Drängens nicht ein.

Dem Nachfolger des Kaisers Joseph, Leopold, bewilligte
Franz Ludwig 1790, als ein kaiserlicher Gesandter Graf
Metternich mit einem eigenen Schreiben seines Herrn zu ihm
kam, Hülfstruppen gegen die aufgestandenen Niederlande,
jedoch nur unter der Bedingung, daß den unzufriedenen Nieder=
ländern alle ihre alten Privilegien wieder eingeräumt werden;
„nur zur Wiederherstellung der Ruhe, nicht zur Eroberung
des Landes und zur Unterdrückung der alten Landesrechte
wolle er Hilfe leisten."

Auf die bald darauf gekommene Ankaufung von deutschen
Truppen von Seite Englands, um sie in seinen Kolonien als
Krieger zu verwenden, ließ sich Franz Ludwig, obgleich auch
sein Bruder der Churfürst Erzbischof von Mainz mit einigen
anderen Fürsten bei jenem Menschenhandel sich betheiligte,
durchaus nicht ein.

Die Vereinigung der im fränkischen Kreise liegenden
stammverwandten Fürstenthümer Ansbach und Bayreuth mit
dem preußischen Kronlande suchte Franz Ludwig ohne Erfolg
zu verhindern; Oesterreich hatte in einem geheimen Artikel
des Reichenbacher Friedens versprochen, dieser Vereinigung
nicht entgegen zu sein; auch die sogenannten bamberger
Enclaven in jenen Fürstenthümern wurden Preußen eingeräumt.

Indeß war die franz. Revolution mit allen ihren Gräueln
ausgebrochen. Franz Ludwig hatte entschieden davon abgemahnt,
daß die deutschen Mächte sich angreifend in die innern Ange=
legenheiten Frankreichs einmischten. Er sprach sich dahin aus,
daß man der großen franz. Nation die Ordnung ihrer innern
Angelegenheiten selbst überlassen solle: er halte eine fremde
Einmischung weder für recht, noch für klug; er werde nie für
einen Reichskrieg gegen Frankreich stimmen, in dem zu befürch=

ten sei, daß ein solcher die Auflösung des Reiches, die Unterdrückung der kleineren, besonders der geistlichen Fürsten herbei-
führen werde. Er rieth vor Allem zur Einigkeit, zu einer
hierdurch starken Neutralität; er suchte die Kriegslust Oester-
reichs und Preußens zu dämpfen, und die Stände des fränkischen Kreises vor allen Sonderbundsgelüsten abzuhalten;
aber es blieb ihm nur die Klage „in Regensburg (am Reichstage) habe er gegen das hitzige, in Nürnberg (beim Reichstage) gegen das kalte Fieber anzukämpfen."

Während in anderen kleinen deutschen Staaten die Ein-
flüsse der Ideen, welche sich in Frankreich durch die Revolution
verbreiteten, Eingang fanden, blieben die mit Allem gut versehenen und daher zufriedenen Unterthanen Franz Ludwigs
von Gelüsten der Nachahmung frei, und sie waren bereit, im
Falle der Noth ihre Heimat, die ihnen lieb geworden, zu ver-
theidigen. Der Churfürst-Erzbischof von Mainz, Bruder des
Franz Ludwig, und der Churfürst von Trier schützten die
Ansammlungen des gegen Frankreich zum Kriege auffordern-
den emigrirten französ. Adels; Franz Ludwig aber beobachtete
strenge Neutralität. Er unterstützte arme hilfsbedürftige Emi-
granten mit fürstlicher Freigebigkeit, ließ aber nicht zu, daß
sie in seinem Lande sich versammelten und niederließen. Der
Reichskrieg gegen Frankreich wurde ganz gegen seinen Willen
erklärt, und es mußten nun die Bamberger und Würzburger
Truppen über den Rhein rücken, wo sie später einen Theil
der sich tapfer gehaltenen Besatzung von Luxemburg bildeten.
Im Jahr 1793 wurden zur nothwendigen Errichtung neue
Corps zum erstenmale die Gemeinden in den beiden Fürstenthümern Bamberg und Würzburg aufgefordert, Rekruten zu
stellen, aber 1794 wurde wieder geworben mit doppeltem
Handgelde. Die so schön geordneten Finanzen des Landes
wurden durch diese außergewöhnlichen Rüstungen sehr in
Anspruch genommen und die Kassen erschöpft. So lange als
möglich erwehrte sich Franz Ludwig der Nothwendigkeit, neue
Steuern aufzulegen. Zu dieser Zeit war es, daß sein Bru-

4

50

der k. k. geheime Rath und Obersthofmeister und er selbst all ihr Silbergeschirr bis auf das Unentbehrlichste in die Münze schickten und so dem Vaterlande opferten. Als auch dieser reichliche Zuschuß zur Deckung der gesteigerten Staatsbedürfnisse nicht ausreichte, legte er, als das Unvermeidliche, die Abgabe des zehnten Pfennigs namentlich auf die geistlichen Güter und Stiftungen, weil diese vor andern bei dem Kriege mit dem ganzen Interesse der Selbsterhaltung betheiligt waren.

So war denn der Lebensabend des edlen, mit wahrer Vaterliebe alle seine Unterthanen umfassenden Fürsten nicht so heiter und ungetrübt, als er es verdient hätte. Die Unglück bergenden Gewitterwolken, welche über Europa schwebten und hier und dort in zerstörender Wucht sich entluden, konnte der weise Fürst nicht ganz von seinem Lande abwenden; er hatte aber das beruhigende Bewußtsein, zu dessen Abwendung Alles gethan zu haben, was in seinen Kräften stand. Bittereren Erfahrungen und Sorgen wurde er durch seinen bald erfolgten Tod enthoben. Von zarter Jugend auf an den Nerven leidend, wurden bei ihm durch die unablässige Anstrengung seiner Geisteskräfte und durch große Enthaltsamkeit diese Leiden mit Zunahme der Jahre immer mehr gesteigert. Er erkannte seinen Zustand; er fühlte und wußte es, daß er durch seine Arbeiten seinen Zustand verschlimmere; er setzte sie aber nichtsdestoweniger rastlos fort, weil er im Bewußtsein, kein hohes Alter erreichen zu können, jeden Augenblick des ihm gegönnten kurzen Lebens ganz ausnützen wollte. Seine letzte Krankheit hatte am 26. Nov. 1794 mit einem schlagartigen Anfall begonnen und war zu einem galligten Schleimfieber geworden. Am 41. Tag der Krankheit hatte ihn das Fieber verlassen und war scheinbar Besserung eingetreten, aber am 48. kehrte das Fieber desto heftiger zurück und er sah nun dem Tode mit ruhigem Bewußtsein entgegen, machte aber dabei noch mit voller Gegenwart und Helle des Geistes wichtige Regierungs- und Privatgeschäfte ab. Nachdem er noch einmal in erbaulichster Weise die hl. Sterbsakramente empfangen hatte, verschieb er am 14. Februar 1795, Morgens vor 4 Uhr in seiner Residenz zu Würzburg, im 65. Jahre seines Lebens und dem 16. seiner gesegneten Regierung. Ein Grabstein an einem Pfeiler des Doms zu Würzburg bezeichnet die Stelle, wo seine irdische Hülle ruht.

Dem Aeußern nach war Franz Ludwig von mehr zarter als starker Natur, von hagerem aber wohlgebauten Körper. Es lag etwas Edles und Erhabenes, die Würde eines in sich selbst großen Mannes, ruhiger Ernst durch Güte gemildert, in seiner äußern Erscheinung. Seine Auge war klar, offen und zugleich sanft, sein eindringender Verstand wie seine Herzensgüte strahlten aus demselben hervor, und drückten sich in seinen Mienen aus. Die Nase war, wie allbekannt, groß und gebogen. Seine Stimme, die wegen ihrer Tiefe nicht seinem subtilen Körper anzugehören schien, war etwas hohllautend und nicht angenehm zu hören, welchem Mangel aber seine Sprache durch die aufrichtige und wohlmeinende Ausdrucksweise ersetzte. Die fürstliche Majestät wurde durch Herablassung gemildert und bei freudigen Ereignissen konnte er herzlich lachen; seine Scherze verstand er mit attischen Salze zu würzen. Wer ihn sah und sprach, mußte ihn schätzen. „Die Achtung seiner Persönlichkeit", sagt Leibes, „hielt derjenigen, welche man ihm als Fürstbischof schuldig war, das Gleichgewicht." Welche Geistesfülle, welche Willenskraft seinem schwächlichen Körper innewohnte, geht wohl aus dem ganzen Leben desselben, aus seinen Worten und Handlungen, aus seinen vortrefflichen Anordnungen, aus den von ihm übernommenen vielen und anstrengenden Arbeiten hervor. Von Jugend auf kämpfte er mit Kraft gegen alle heftigen Begierden, und suchte sich eine Selbstbeherrschung zu erringen, daß er von jugendlichen Abirrungen frei blieb und sich als Mann über den, wie er selbst sagte, bisweilen in ihm sich regenden Stolz auf seine Vorzüge, seinen Abel und seine Stellung, durch Uebungen in der entgegengesetzten Tugend, der Demuth, die vollkommenste Herrschaft gewann, wie dieß seine Herablassung

4*

zu bem niebrigſten ſeiner Unterthanen, ſeine Beſcheidenheit und Abneigung gegen alle Schmeicheleien und Ehrenbezeug= ungen, die ſeiner Perſon gelten ſollen, deutlich zeigte. Streng war er nur gegen ſich ſelbſt und gegen ſeine geiſtlichen und weltlichen Beamten bezüglich ihrer Pflichterfüllung und Gewiſſen= haftigkeit, ſonſt war er, wie gegen Jedermann ſo gegen ſie milde und gütig, und freudigſt darauf bedacht, auch ihre ma= terielle Lage ſo zu verbeſſern, daß ſie ohne Lebensſorgen mit Luſt ihrem Amte obliegen konnten. Auf ſeinen Leib übte ſein Geiſt ſoviel moraliſche Kraft aus, daß dieſer, obwohl ſchwäch= lich, ihm zu jeder Zeit ſelbſt bis zu ſeinen letzten Lebensſtun= den dienſtbar bleiben mußte, um ſeine vielen und wichtigen Geſchäfte alle und mit Pünktlichkeit beſorgen zu können.

Der fromme Sinn, der ihn von Kindheit an innewohnte, wurde die Quelle aller ſeiner perſönlichen Tugenden. In demſelben hatte die Frömmigkeit und wahre Religioſität, die er als Mann übte und von Andern geübt wiſſen wollte, ihre Wurzel. Von dieſer Religioſität ging ſein unerſchütterliches Gerechtigkeits=Gefühl aus, welches er in Worten ausſprach und in allen Stücken ſo energiſch bethätigte; ihr entſtammte das Streben und der rege Eifer, alle ſeine Unterthanen glücklich zu machen. Seine weiſe Sparſamkeit, ſeine Einfachheit in Kleidung, Leben und Hofhaltung hatten nur den Zweck, mit dem Erſparten recht viel Gutes wirken zu können; der An= trieb dazu war die chriſtliche Liebe. Und dieſer geläuterten Liebe entſproßte jene zärtliche Sorgfalt, die er den Armen und Kranken auf die vielfachſte Weiſe und, wie wir wiſſen, mit den größten Opfern zuwendete. Sein menſchenfreund= liches Herz kannte hierbei keinen Unterſchied der Confeſſion. Er war gegen andere Confeſſions = Verwandte und gegen anders Denkende überhaupt tolerant im wahren Sinne des Wortes. Hatte er als katholiſcher Biſchof die Verpflichtung, die katholiſche Religion zu ſchützen und zu fördern, wie er es auch mit größtem Eifer that, ſo hatte er als Fürſt auch Nicht= katholiken zu Unterthanen, und daß er das geiſtige und leib=

liche Wohl auch dieser sich zur eifrigsten Sorge machte, dies
bezeugen auch protestantische Schriftsteller. *)

So vereinigte Franz Ludwig alle nöthigen Eigenschaften
in sich, — Allen Alles zu werden. Er hat, wenn je ein
Fürstbischof das damals gebräuchliche Sprichwort „unter dem
Krumstab ist gut zu wohnen", glänzend bewahrheitet, wobei
ihm freilich, wie allen guten geistlichen Fürsten der Vortheil
zur Seite stand, daß er Regent und Bischof zugleich war,
daß der Regent in Allem den Bischof und der Bischof den
Regenten unterstützte.

Ein äußeres entsprechendes Denkmal war bis jetzt weder
in Würzburg noch in Bamberg diesem Fürstbischofe gesetzt
worden. Es läßt sich dies daraus erklären, daß gleich nach
seinem Tode sein ganzes Walten und Wirken in der Erinner=
ung, die genossene Achtung und Liebe in den Herzen Aller
fortlebte; daß sich von seiner Weisheit und Menschenfreund=
lichkeit überall dem Beschauer Denkmale, die Franz Ludwig in
seinen Anstalten sich selbst errichtete, gleichsam aufdrängten;
daß damals die lange Jahre dauernden Kriegszeiten, in wel=
chen an dergleichen Unternehmungen nicht leicht gedacht wird,
eintraten, und die Säcularisation der geistlichen Fürstenthümer
folgte. Dagegen wurde von der Kommune und Bevölkerung
Bambergs im Jahre 1829 in dankbarer Erinnerung an die
vielen und großen Wohlthaten, die Franz Ludwig dem Lande
erwiesen hat, der Grund zu einer Stifung unter dem Namen
Franz Ludwigsstiftung gelegt, aus welcher jährlich am Ge=
burtstage des unvergeßlichen Fürstbischofs (16. Sept.) An=
fangs an 4, dann an 6 und nun an 7 ohne Verschulden

---

*) Bernards (Pseudonyme für H. Reuchlin) Lebensbild von Franz
Ludwig. Tübingen 1852. S. 175. Unter andern wird da der
Aeußerung Fr. Ludwigs Erwähnung gethan: „Bei Besetzung
protestant. Pfarreien kommt es mir ebensowohl als bei katholi=
schen, keineswegs bloß auf die Wissenschaftlichkeit an, sondern
hauptsächlich auf die Reinheit der Sitten, Unbefangenheit des
Charakters, Unbescholtenheit des Lebenswandels, überhaupt auf
moralische Vorzüglichkeit." Darüber namentlich ließ er sich beson=
dern Vortrag erstatten.

verarmte, würdige Bürger zur Anhülfe in ihrem Gewerbe je 50 fl. vertheilt werden. *)

König Ludwig I. von Bayern, mit welchem Lande jetzt die schönen Frankenfürstenthümer Bamberg und Würzburg vereinigt sind, dieser Bewunderer und großartige Beförderer alles wahrhaft Großen in der Wissenschaft wie in der Kunst, in den Charakteren wie in den Thaten der Männer, ließ nun, nachdem er im Jahre 1847 dem großen Fürstbischof von Würzburg Julius Echter von Mespelbrunn (von 1573 bis 1610 reg.) ein ehernes Denkmal errichtet hatte, auch dessen Geistes- und Familien-Verwandten, dem Fürstbischofe Franz Ludwig in Bamberg ein solches setzen, um in ihm den großen, weisen Fürsten, den frommen Bischof, den opferwilligen Menschenfreund zu ehren, seinen Ruhm zu verewigen, und die Mit- und Nachwelt zur Nachahmung seiner hohen Tugenden anzumahnen. Das Standbild steht vor der alten Hofhaltung, mit dem Antlitze gegen die nun k. Residenz gerichtet, wo der Gefeierte wohnte, und von wo aus seine weisen Anordnungen ergingen, zu seiner segnenden Rechten seine Kathedrale, in welcher er als Bischof das Wort Gottes verkündete und die Schätze der himmlischen Gnaden spendete. Die Inschrift lautet einfach im Avers: Franz Ludwig von Erthal, Fürstbischof von Bamberg und Würzburg — im Revers: Errichtet von Ludwig I. König von Bayern, Herzog von Franken. 1865.

*) Den ersten Antrag zu dieser Stiftung stellte das Collegium der Gemeindebevollmächtigten, deren Vorstand der Oberjustizrath und königl. Advokat Franz Ludwig von Hornthal war, am 28. Febr. 1829. Am 1. Sept. desselben Jahres erließ Hornthal eine Einladung dazu an die Bewohner Bambergs, und seinen und des seligen Hrn. Erzbischofs Joseph Maria v. Fraunberg Bemühungen gelang es, daß schon im October 1832 das Vermögen der jungen Stiftung sich auf 5519 fl. 45 kr. belief, was größtentheils von der Stadtgemeinde beigetragen wurde; Nebst H. Erzbischof v. Fraunberg und der ganzen v. Hornthal'schen Familie, betheiligten sich viele adelige und bürgerliche Familien mit größeren oder geringeren Beiträgen. Am 2. Dez. 1832 erhielt die Stiftung durch Se. Maj. König Ludwig I. die allerhöchste Genehmigung. Die Bezeichnung der zu unterstützenden Bürger, die noch keinmal die Gabe erhalten haben, geht vom Armenpflegschaftsrath der Stadt aus und unterscheidet wenn mehr als 7 der Vorgeschlagenen vorhanden sind, das Loos unter ihnen.

Anhang.

Franz Ludwig's
Testament mit Codicill.

Im Namen der heiligen Dreifaltigkeit

V. G. G. **Franz Ludwig**, Bischof zu **Bamberg** und **Würzburg**, des heil. R. R. **Fürst**, Herzog zu **Franken.**

Eingedenk unserer gewissen Sterblichkeit, und unserer ungewissen Todesstunde, haben wir mit vollkommenster Ueberlegung folgende letzte Verordnung zu machen für gut befunden:

I. Unser Körper soll nach unserem Tode in herkömmlicher Art zur Erde bestätigt werden; unsere unsterbliche Seele empfehlen wir unserm Gott und Schöpfer mit dem festen Vertrauen, daß sie Gnade vor ihm finden, und zum Genusse der ewigen Glückseligkeit gelangen werde.

II. Unsere guten und getreuen Unterthanen empfehlen wir unserm Hrn. Regierungsnachfolger, und ersuchen ihn, ihr Glück und ihren Wohlstand durch Fortsetzung und Ausbildung guter Erziehungs- und Polizei-Anstalten, durch Auswahl rechtschaffener und geschickter Beamten, überhaupt durch eine milde, sanfte und weise Regierung immer mehr zu befördern.

III. Zu unseren Erben setzen wir unsere beiden Oberarmeninstitute in unserer dahiesigen Residenzstadt Würzburg

und in unserer Residenzstadt Bamberg ein. — Wir haben
keine Schätze gesammelt. — Was während unserer Regierung
wir von den Hochstiftern unter dem Namen Schatull-Gelder
bezogen haben, haben wir größtentheils zu unseren Lebszeiten
den Armen und zur Beförderung anderer nützlicher Anstalten
wieder dahin gegeben. Was wir indessen noch von unsern
Schatullgeldern und unserm Privatvermögen hinterlassen, soll
für die Armeninstitute unserer beiden obgedachten Residenzstädte als Erben, nach Abzug der nachfolgenden Vermächtnisse
bestimmt sein; Wir verordnen daher:

a) Daß unsere Hinterlassenschaft in zwei gleiche Theile
vertheilt, und der eine für das Armeninstitut unserer Residenzstadt Bamberg, der andere für das Armeninstitut unserer Residenzstadt Würzburg verwendet werde.

b) Zu dem Ende soll alles, was wir hinterlassen, allen-
falls auch im Wege der öffentlichen Versteigerung, zu Geld
gemacht, und das erzielte, oder sonst baar, oder in Obli-
gationen vorräthige und uns außerdem noch gebührende
Geld, wie auch alles, was wir von unsern Herrn Bruder,
dem kurfürstlich mainzischen Obrist-Hofmeister, Hrn. Lothar
Franz Michael Freiherrn von und zu Erthal an Geld oder
Geldes Werth noch zu fordern haben, und etwa in einem
Codicille nur genauer zu bestimmen uns vorbehalten, zu
sichern Capitalien angelegt, und der bambergische Antheil
von dem Armeninstitute zu Würzburg administrirt werden.

c) Die Abzinsen dieser Capitalien sollen nicht anders,
als nach den von uns erlassenen Verordnungen über das
Armenwesen von den Obercommissionen dahier und zu
Bamberg verwendet werden.

d) An diesen Abzinsen sollen nur allein die Armen unserer beiden Residenzstädte, jedoch beide nur dergestalt Antheil nehmen, daß von den fraglichen Abzinsen, nur in dem
Falle, der sich ergebende Mangel ersetzt werden soll. Zu
Gunsten der Armen auf dem Lande hätten wir auch
gerne eine Verordnung gemacht. Nachdem aber unsere Ver-

laſſenſchaft nicht ſehr beträchtlich iſt, mithin die Abzinſen
derſelben eine Vertheilung unter ſo viele Köpfe nicht an=
nehmen, ohne daß die Wohlthat, welche wir ihnen ange=
deihen laſſen wollen, zwecklos werden müßte; ſo bleibt uns
nichts übrig, als ſie dem milden Herzen unſeres Herrn
Nachfolgers zu empfehlen.

e) Gleichwie übrigens die Grundſätze, auf welchen die
Armenanſtalten beruhen, unverbrüchlich gehalten, mithin
die milden Gaben nur nach Nothdurf vertheilt werden
müſſen, ſo ſollen die Abzinſen, welche nach Maßgabe der
gedachten Grundſätze etwa übrig bleiben dürften, wieder
zu Capital angelegt werden.

IV. Verordnen wir, daß nach unſerem Ableben in
jeder unſerer Diöceſen ein tauſend Meſſen geleſen, und aus
unſerer Verlaſſenſchaft jedem Leſenden 6 Batzen fränkiſch be=
zahlt werden ſollen: die Vertheilung dieſer Meſſen wollen wir
dem Ermeſſen unſerer geiſtlichen Regierung dahier und zu
Bamberg überlaſſen.

V. Einem jeden unſerer fürſtlichen bambergiſchen und
würzburgiſchen Kammerbiener, mit deren treuen und unver=
droſſenen Dienſten wir ſehr wohl zufrieden ſind, verſchaffen
wir ein tauſend Gulden fränkiſch, auch ſollen ſie unſere Klei=
der in gleiche Theilen unter einander theilen.

VI. Bei Durchſuchung unſerer Papiere ſollen unſer fürſt=
licher Beichtvater, Bonaventura Rüger, dann unſer fürſt=
licher Hofrath und geheimer Referendarius Pflaum beigezogen
werden.

VII. Alle zu den fürſtlich bambergiſchen Stellen gehörige,
oder von denſelben an uns eingeſandte Papiere, ſollen unſerem
bambergiſchen Hofrathe und Referendarius Pflaum zugeſtellt
werden.

VIII. Alle andere Papiere aber, welche weder zu den
bambergiſchen noch würzburgiſchen Landesſtellen gehören, noch
von denſelben herkommen, (ſie mögen verſchloſſen oder unver=
ſchloſſen auf dem Umſchlage derſelben geſchrieben ſein, daß ſie

vor 2 Zeugen verbrennt werden sollen, oder nicht) sollen unserm fürstlichen P. Beichtvater Bonaventura Rüger zugestellt werden.

IX. Derselbe, nämlich unser P. Beichtvater, soll alsdann alle diejenigen Papiere, die unser Gewissen betreffen, von den übrigen absondern und für sich behalten; alle anderen aber ohne Ausnahme unserm würzburgischen Hofrathe und geheimen Referendarius Seuffert zustellen, weil derselbe von den meisten Wissenschaft hat, und wir Bedenken tragen, durch Verbreitung des Inhaltes derselben unter mehrere dem guten Leumuthe mancher Menschen zu nahe zu treten.

X. Unsere wohlwürdige und würdige, auch Hoch= und Wohlgeborne, Hrn. Georg Karl, Freiherrn von Fechenbach, der Erz= und hohen Domstifter Mainz, Trier, Würzburg und des adeligen Ritterstifts Komburg respect. Dombechant und Kapitularen, Sr. kaiserl. königl. Majestät geheimen Rath; dann Herrn Heinrich Carl Wilhelm des h. R. R. Grafen v. Rothenhan, unsers Domstifts dahier Capitularen, Oberpfarrer zu Haßfurth, Heilbron, unsern geheimen Rath und Hofkriegsraths=Präsidenten, auch der Kammer, ersuchen wir, das Testementariats=Geschäft zu übernehmen, und die Vollstrecker unserer letzten Verordnung zu sein. Wir vertrauen zu ihrer Freundschaft gegen uns, daß sie uns diesen letzten Dienst gerne leisten, und mit einem kleinen Andenken von hundert Species=Dukaten, welche wir jedem derselben für ihre Bemühung verschaffen, sich begnügen werden.

XI. Unserm würdigen Domkapitel und unsern sämmtlichen Landesstellen und andern Dienern unserer Staaten danken wir für ihre thätige, unrücksichtliche und kluge Beihülfe in Regierung unserer Hochstifter, und ersuchen sie, uns und unsere Grundsätze nicht zu vergessen.

XII. Verordnen wir, daß dieser unser Wille als gültig und kräftig angesehen werde, und wenn ihm die Eigenschaft eines zierlichen Testaments fehlen könnte, doch als Codicill ober eine Art Schankung von Todes wegen, oder unter den Lebendigen, oder auf sonst eine Art bestehen soll.

XIII. Endlich behalten wir uns vor, noch einen oder den andern Codicill zu verfertigen, die eben so gültig, als die Verordnungen unsers Testaments sein sollen.

Gegeben unter unserer eigenen Handschrift und beige= drucktem fürstlichen Pettschaft.

(L. S.)

Franz Ludwig, Bischof u. Fürst z. Bamb. u. Würzb., Herz. zu Franken.

Codicill.

Ich habe mir in meinem Testamente vorbehalten, etwa noch einige Codicille nachzutragen, deren Inhalt so verbind= lich, als jener in meinem Testamente sein soll. In Gemäß= heit dieses Vorbehalts verordne ich:

I. Da die Schatullgelder eines zeitlichen Fürsten von Würzburg beträchtlicher sind, als jene eines Fürsten von Bam= berg, so lasse ich es zwar bei meiner Erbeseinsetzung in mei= nem Testamente bewenden; ändere jedoch die Verordnung über den dem würzburgischen und bambergischen Oberarmen=Insti= tute bestimmten Antheil dahin ab, daß mein würzburgisches Oberarmen=Institut zwei Drütheile, mein bambergisches Ober= armen=Institut nur einen Drittheil bekommen soll. Hiervon nehme ich jedoch

a) dasjenige aus, was ich von meiner Hofkammer da= hier wegen der ihr überlassenen und eigenthümlich gewese= nen Wagen, Pferden sammt Geschirr und dergleichen noch zu fordern habe, und worüber der Anschlag in einer Hof= kammer=Protokoll vom Jahre 1794 gemacht worden ist;

b) denjenigen Theil, welchen ich von den mir von mei= nem Herrn Bruder, dem kurfürstl. mainzischen Obrist=Hof=

meister, zur Disposition überlassenen 50,000 fl. rhein. für meine Oberarmen-Institute zu Bamberg und Würzburg bestimmt habe, soll unter dem bambergischen und würzburgischen Oberarmen-Institute zu gleichen Theilen vertheilt werden.

II. Meinem Herrn Regierungsnachfolger zu Bamberg empfehle ich das von mir neu errichtete, und schon in ganz Deutschland in Ruhm stehende Krankenspital, und ersuche denselben, daß er diese wohlthätige Anstalt in Schutz nehmen, und zu demjenigen Grad von Vollkommenheit bringen möge, dessen sie fähig ist; insonderheit aber erkläre ich, daß es gegen meine Absicht nach meinem beständigen Bestreben gewesen sei, daß das für annoch heilbare Kranke allein bestimmte Spital in ein Pfründner-Spital umgeändert, oder überhaupt unheilbare Kranke dahin aufgenommen werden.

III. Ich ersuche desgleichen meinen Herrn Nachfolger in dem Fürstenthume dahier und zu Bamberg, die von mir in meinen beiden Hochstiftern Bamberg und Würzburg gegründeten Schulanstalten mit landesväterlicher Sorgfalt zu unterstützen und festzusetzen; ich kann mir von demselben um so mehr die Gewährung meiner Bitte versprechen, je fester meine innere Ueberzeugung ist, daß meine Schulanstalten der Religion und Sittlichkeit nicht nur unnachtheilig, sondern untrügliche Mittel zur Erhaltung und Verbesserung desselben sein, und ich überhaupt den Grundsatz befolgt habe, daß neben der Aufklärung des Verstandes vorzüglich auf Religion und Sittlichkeit in den Schulen gesehen werde.

IV. Von denjenigen Geldern, welche mein Herr Bruder zu meiner Verlassenschaft zahlen wird, legire ich 20,000 fl. rhein. zu den beiden Schulfonds dahier und zu Bamberg dergestalt, daß ein Drittheil dem bambergischen, zwei Drittheile aber dem würzburgischen zufallen sollen.

V. Da einige von meinen Kammerdienern schon bei meinem Hrn. Vorfahrer gedient, und mir während meiner ganzen Regierung die treuesten Dienste geleistet haben, andere aber noch nicht vor gar langer Zeit angestellt worden sind, so forbert es die Billigkeit, daß die Belohnung jener größer, als dieser sei; ich ändere daher die in meinem Testamente von meinen Kammerdienern handelnde Stelle dahin ab, daß zwar jeder tausend Gulden fränk. erhalten, der Kammerdiener Werlein aber sich mit 500 fl. fränk., und der Kammerdiener Geiger gleichfalls mit 500 fl. fränk. sich begnügen soll; da übrigens der Küchenmeister Seufert, obschon er Kammerdiener-Gehalt bezieht, mich nie als Kammerdiener bedient, und der Kammerdiener Iselein mir keine solche Dienste als die übrigen Kammerdiener geleistet hat, so versteht sich von selbsten, daß keinem von beiden etwas auszuzahlen sei.

VI. Meine Garderobe war weder glänzend noch kostbar; die Garderobe-Gelder, welche ich bezog, verwendete ich größtentheils ad causas pias; meine Kammerdiener hätten also aus den Kleidungen, welche ich ablegte, keinen Nutzen; aus diesen Gründen ersuche ich meine würdigen Domkapitel von Bamberg und Würzburg, die Vermächtnisse, welche ich meinen treuen Kammerdienern verschafft habe, aus der respectirlichen würzburgischen und bambergischen Hoffammer bezahlen zu lassen, jedoch so, daß dem Kammerdiener Hotter, der vor kurzem erst würzburgischer Kammerdiener geworden ist, das Vermächtniß aus der bambergischen Hoffammer bezahlet werde.

VII. In meinem Testamente habe ich noch keine Vollstrecker meines letzten Willens, in sofern er Bezug auf mein Hochstift Bamberg hat, erneuet; daher bitte ich meinen bambergischen Statthalter und Dombechant Freiherrn v. Hutten, und meinen würzburgischen Regierungs-Präsidenten und bambergischen auch würzburgischen Domkapitularen Otto Philipp v. Groß, das Vollstreckungsgeschäst meines letzten Willens in Bezug auf mein Hochstift Bamberg zu übernehmen, und sich mit einem kleinen Andenken von hundert Ducaten, die jedem meiner beiden Testaments-Executoren ausbezahlt werden sollen, zu begnügen. Ich setze übrigens noch das Gesuch bei, daß mein Regierungs-Präsident v. Groß, weil er sich dahier befindet, auch dahier bei dem Testamentariats-Geschäfte aus der Ursache anwesend sei, um, was auf die bamberger Testamentariats-Geschäfte Bezug hat, zu besorgen.

VIII. Mein Herr Bruder, der kaiserliche geheime Rath und churmainzische Obristhofmeister, hat mir laut des hier im Originale beiliegenden unwiderruflichen Vertrags, aus den darin angeführten Ursachen 50,000 fl. rhein. von seinem Vermögen nur dergestalt eigenthümlich überlassen, daß die Zinsen von dieser Capital-Summa sogleich nach meinem Tode zu laufen anfangen; das Capital selbst aber, wenn es nicht von ihm zu seinen Lebzeiten bezahlt werden wird, erst nach seinem Tode bezahlt werden müsse. Ich befehle daher meinen Erben, die Summa, welche ich für dieselbe bestimmt habe, nämlich 30,000 fl. rhein. mit Dankbarkeit anzunehmen, sich die Einrichtung des III., IV. für meine Schulfonds zu Bamberg und Würzburg bestimmten Legats gefallen zu lassen, und im Uebrigen meinen Herrn Bruder gänzlich anspruchsfrei zu belassen.

IX. Meiner bambergischen und würzburgischen Cathedral-Kirche, und wie es sich von selbsten versteht, einer jeden vermache ich einen Kirchen-Ornat, deren einer nicht über 500 Thaler kosten soll: es wäre denn, daß meine beiden würdigen Domkapitel in der Erwägung, daß ich mein weniges Vermögen bloß für fromme Anstalten bestimmt habe, und daß beide Kirchen schon reich genug an Ornat seien, auf dieses Vermächtniß zum Besten der fraglichen frommen Anstalten einen freiwilligen Verzicht leisten wollten.

Franz Ludwig.

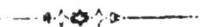